エリートアルファの旦那様は孤独なオメガを手放さない

望月桔梗
日本を代表する企業・
望月自動車の御曹司。アルファ。
優しく穏やかな性格。
施設にいた孤児の楓を
引き取り溺愛する。
古森楓
望月家の使用人。
天涯孤独の身の上。
栗色の髪と緑色の瞳を持つ。
自分を助けてくれた桔梗を
尊敬し、淡い恋心を抱く。
刺繍が好き。

糸永みすず
楓の両親の同級生。地元で生花店
を営み、楓を働かせてくれる。
明るく人情に厚い。
糸永和真
みすずの甥の大学生。
アルファ。
優秀さを鼻にかけない
いい男。楓に一目惚れする。
山之内明彦
第二性別科の楓の主治医。
桔梗の学生時代からの友人。
ベータながらエリート。
上田由美
楓が入院した病院の事務員。
オメガ。気さくな性格。
楓にも親身になってくれる。
望月桜子
桔梗の妹。アルファ。
重度のブラコンで、桔梗の
寵愛を受ける楓に嫉妬する。

目次

エリートアルファの旦那様は孤独なオメガを手放さない

第一章

東京のど真ん中だというのに、その屋敷はまるで海外のおとぎ話に出てくる洋館のようだ。

敷地は広大で、瀟洒な建物にはいくつもの部屋があり、庭にはバラ園や噴水がある。

周囲から隔絶された空間には静謐な空気が流れ、ここが都会だということを忘れてしまうほどだ。

この洋館「望月邸」には、日本を代表するグローバル企業・望月自動車株式会社の社長である望月誠一郎と、息子で営業部長として働いている桔梗、高校二年生の娘・桜子、そしてその使用人たちが暮らしている。

隅々まで美しく手入れされた庭園の片隅では、使用人のひとりである古森楓が、落ち葉の片付けに精を出していた。


「ふぅー、片付いて良かった。でもまた強い風が吹いたら元通りかなぁ……」

片手に庭ほうき、片手にちりとりを持ち、夕焼け空を見上げると、十一月の冷たい風が吹いて、楓は思わずぶるっと身震いをした。

楓には親がいない。

父親は、楓が八歳の時、仕事帰りに信号無視のトラックが起こした事故に巻き込まれて亡くなった。

それからは母親と二人で慎ましく暮らしていたが、愛する夫を亡くしたショックと過労がたたり、後を追うように二年後、病気で亡くなった。

身寄りのない楓は、十歳で施設に預けられることになった。

そんな楓に転機が訪れたのは、五年前の春の日。

当時、まだ大学を卒業したばかりの望月自動車の御曹司・望月桔梗が施設を訪れ、楓を家に引き取りたいと申し出た。そして、学校に通わせてもらいながらここで使用人として働くことになったのだ。

施設の中で、楓は子供たちからいじめられ、職員にも雑に扱われていた。

それも、背が低く華奢で貧弱な体と、この緑色の瞳と栗色の髪のせいだったのだろう。

楓の両親は二人とも黒髪、黒色の瞳だったこともあり、物心ついたときには、その容姿のせいで奇異な目で見られたり、いじめられたりすることが当たり前だった。生前の両親はその理由を教えてくれなかった。祖父母や他の親戚と会ったこともなかったので、きっとこれは本で読んだ隔世遺伝ってやつなんだろう、と楓は自分自身を無理矢理納得させていた。

楓を施設から救い出し、使用人の自分にも家族のように分け隔てなく接してくれる桔梗のことを、楓は尊敬していた。

そして、桔梗への尊敬の気持ちが恋心に変わるのに、さして時間はかからなかった。

「桔梗様……、今夜も遅いのかな。ここしばらく顔を合わせてないな……」

落ち葉の入ったゴミ袋を両手に持ち、うつむきながらゴミ捨て場まで歩こうとした時、聞き慣れたエンジン音が遠くの方から聞こえた。


――この車の音は……


ゴミ袋を持ったまま屋敷内の駐車場まで走っていくと、ちょうどそこには車から降りてくる桔梗の姿があった。引き締まった体にすらりと長い足。そのスタイルの良さを引き立てる高級そうなスーツを纏(まと)っている。短い漆黒の髪の毛が夕日に照らされキラキラと輝く姿は、まるでモデルのようだ。

「桔梗様！　おかえりなさい、今日は早いんですね」

「ただいま、楓。残業と出張続きだったからね、たまには早く帰らないと。楓は……落ち葉拾いかい？」

「あっ……！」

楓は咄嗟(とっさ)に背中にゴミ袋を隠したが、恥ずかしくなって顔が熱くなる。

「急いで来てくれたんだろう？　ありがとう、楓」

桔梗はくすくす笑いながら優しく頭を撫でてくれる。その温かい手が嬉しくて、楓はそっと目を閉じ、されるがままになった。

――優しい優しい桔梗様。あなたに出逢えて僕は本当に幸せなんです……

「そうだ！　桔梗様、新しい刺繍ができあがりそうなんです。また見てもらえますか……？」

「もちろんだよ。でも、もう私より楓のほうが上手なんだけどね」

「そ、そんな……桔梗様の教え方がとても丁寧なおかげです」

ここに来たばかりの頃、何もせずぼーっとする楓を見かねて、桔梗が刺繍を教えたのだった。

刺繍は、今は亡き桔梗の母親が得意としていたという。幼い桔梗は母親と一緒にいたくて、よく刺繍を教えてほしいとせがんでいたそうだ。桔梗の刺繍の腕前はそれは見事で、何でもできる人だと、さらに尊敬の念を募らせた楓だった。

「ところで楓、なんだか熱っぽい気がするんだが……。体調が悪いのか？」

優しく撫でていた桔梗の手が楓の頬に触れる。そして、熱さを確かめるようにそのまま両手で楓の頬を包み込んだ。

「やっぱり熱い……。今日はもう休んだほうがいい」

「だ、大丈夫です！　これを捨ててこないといけないですし……」

——桔梗様が僕に触れている！

そう思っただけで、さらに熱が上がりそうだった。楓はゴミ袋を持ちなおすと、一度だけ深く頭を下げ、ゴミ置き場まで走った。

桔梗はいつも楓に優しい。まるで本当の弟のように大切にしてくれている……。楓は、その優しさにドキドキさせられてしまうのだ。

——バレてないよね？　僕の気持ち……。僕なんかが桔梗様を好きってことが知られてしまったら、きっともうここにはいられないのに……


この世界には、男女とは別に、三つの性がある。

世の中に二割いるとされている「アルファ」、大多数を占める「ベータ」、そして一番少ないとされている「オメガ」。

アルファは能力値が高く、社会的地位の高い人間が多くを占める。有名なスポーツ選手や政治家、企業の経営者などがほとんどだ。

一方、ベータは大多数の一般人で、もちろん中には例外的に優秀な人間もいるが、それでもアルファを超えるのは難しいとされている。

そしてオメガ。男女ともに妊娠・出産が可能で、およそ三か月に一度、一週間程度の「ヒート」という発情期がある。薬である程度抑えることもできるが、完全に抑えられるわけではない。だから発情期にはほとんどのオメガが部屋に引きこもり、この期間が過ぎるのをひたすら耐えて待つ。このような生活を余儀なくされているため、オメガは社会的地位が低く、進学や就職で差別されることも多い。もちろん差別は禁止されているのだが、実際には不利益を被る者が多かった。

楓は十歳の頃に受けた検査で「ベータ」と診断された。両親もベータだったし、特別何かに秀でているわけではない自分もベータなんだろうと思っていたから、「まぁそうだろうなぁ」という感想しかなかった。

でも、もし自分がアルファだったら、もっと桔梗様のお役に立てたかもしれない。

オメガだったら一度くらいは抱いてもらえたかもしれない――

そう思ってしまう気持ちをぐっと胸にしまい込んで、楓は仕事に勤しんだ。


この日は落ち葉をゴミ置き場に持って行ったあと、皿洗いを手伝っていたら夕食の時間になった。

皿洗いを終えた楓は、自分の分の夕飯をお盆に載せ、与えられた自室に向かう。

「えっと、英語のテキストっと……そろそろ資格の勉強もしないとなぁ」

いつか桔梗のために役立つかもしれないと、高校を卒業してから始めた英語の勉強。使用人としてもさらにいろいろな仕事に取り組めるよう、資格試験のテキストも取り寄せていた。

分厚い参考書とノートを取り出し、いざ始めようとしたが、なかなかペンが進まない。

――体、怠いなぁ……。お腹の下もチクチク痛むし……

桔梗が言っていたように、ここ何日か体調がすぐれなかった。

寝込むほどではないが体が重く、微熱もあった。仕事中は栄養ドリンクを飲みながらやり過ごしていたが、効いている様子はなかった。

――風邪かなぁ……明日も怠かったら病院に行こう。

はぁ、と大きいため息を一つ漏らして、参考書のページをペラペラとめくる。

するとその時、コンコンと部屋のドアを叩く音がした。

「はい、今開けます」

参考書を閉じ、備え付けの椅子から立ち上がった。

——使用人の誰かが風呂の順番が回ってきたことを知らせにきてくれたのだろうか？　でもいつもならドア越しに声を掛けられるだけだから……何か用事かな？

「楓、体調はどう？」

「——！　き、桔梗様っ！」

そこには、白のニットにグレーのパンツというラフな格好で、藍色のマグカップを持った桔梗が立っていた。

「ジンジャー入りのホットミルクを作ったんだ。……楓、部屋に入ってもいい？　長居はしないようにする」

「も、もちろんです。……あの、どうぞ」

楓の部屋は六畳ほどの洋室だ。シングルベッドと勉強机に小さなチェスト、それにコートを掛けるハンガーラックがあるだけの小さな部屋。

桔梗は、部屋に入るなりいつも通りベッドに座ると、マグカップを持っていない方の手でポンポンとかけ布団を叩いた。

これは『ここに座って』のサイン。楓は嬉しくてにやけそうになるのを必死に隠して、桔梗の隣に座った。

「この部屋に来るのも久しぶりだね。……何か困ってることはない？」

「な、ないです！　こんなに良くしてもらって僕は幸せです」

「本当？　部屋も、もっと大きい部屋に移ってもいいんだよ。若い男の子の部屋にしては狭いだろう」

「そんな……この屋敷に置いてもらえて、高校も卒業まで通わせてもらえて、それに自分の部屋までくださいました……。これ以上何も望みません！」

「ふふ……楓は本当に欲のない子だね」

困ったように微笑むと、桔梗は楓にマグカップを差し出した。

「さぁ、これ飲んで。よく、体調を崩した時に飲んでいただろう」

まだ温かいそれは、ここに来たばかりの頃、ストレスで体調を崩しがちだった楓のために桔梗がよく作ってくれたものだ。

「ありがとうございます……桔梗様」

受け取ったマグカップはまだ温かく、楓の心まで温かくなるような気がした。

一口飲むと、ジンジャーの香りとはちみつの甘さが楓の好みピッタリで、思わず頬が緩んだ。

「楓は美味しそうに飲むね」

桔梗もその美しい顔を綻(ほころ)ばせる。

「……そういえば楓、来週の金曜日、何か予定ある？」

「来週の金曜日ですか？　えっと、いつも通りお仕事があるだけです」

「そう、なら仕事は休みにするよう言っておくね」

「えっ、なんでですか？」

「なんでって、来週の金曜は楓の誕生日でしょう？　今年もお祝いしようね」

「そういえば……あの、でも、いいんでしょうか、お祝いだなんて……」

楓は、誕生日をお祝いしてくれるのは嬉しいと思う反面、身分不相応なんじゃないかと悩んでいた。

自分は、桔梗に拾われただけのただの使用人なのだ。

マグカップを両手で持ったまま俯く楓のそんな気持ちに気づいたのか、桔梗は優しく楓の頭を撫でた。

「私がお祝いしたいんだよ。楓は何も気にしなくていい」

——桔梗様は優しい。でも……

「それより早く体調を戻さないとね……？　さあ、そろそろ寝ようか」

そう言いながら立ち上がると、桔梗は部屋のドアに向かった。

楓も慌てて立ち上がったが、桔梗はそれを微笑んで止めた。

「ここでいいよ。ゆっくり休んで」

その時、桔梗がふと何かに気づいたような表情で、部屋の匂いをクンと一つ嗅いだ。

「……ねえ、楓。君はベータなんだよね？」

「？　はい。僕はベータです……」

桔梗は眉間に皺を寄せ、何か考え事をしているようだった。

「桔梗様……？　どうかしましたか？」

「いや、なんでもないよ。楓おやすみ、早く良くなってね」

そう言い残し、桔梗は静かに部屋の扉を閉めた。

「なんだったんだろう？　もしかして部屋が臭かったのかな……！」

せっかく来てくれた桔梗に不快な思いをさせてしまったかもしれない、と楓は頬を赤くした。

ベッドから立ち上がり、ハンガーラックに掛けてあった消臭スプレーを部屋に振りかけたところで、また下腹部がチクチクと痛み出した。

「はぁ……今日はもう寝よう。明日早起きして勉強したらいっか」

ベッドに腰掛け、桔梗がくれたホットミルクをぐっと飲み干す。

——いつまでも甘えてちゃいけないのはわかってるけど……今だけは許してください……

そう心の中で願いながらベッドの中に潜り込んだ。


翌朝。いつもよりたくさん寝たおかげで、早朝から勉強もできたし、体の怠さも心なしか楽になった気がする。

そのままいつも通り朝の仕事をし、早めの休憩をもらって、念のため病院に向かった。

「疲れてなんかないのになぁ……」

医者に診てもらったものの、結果は特に異状なし。「ストレスや疲れからの体調不良でしょう」と言われ、整腸剤とビタミン剤を出してもらっただけで終わった。

「別に働く分には問題ないし、いつもより早く寝れば問題なし！」

そう自分に言い聞かせると、急いで家路についた。

帰宅すると、裏門から自分の部屋に戻った。裏門を使うのは、使用人の楓には正門を使うことが許されていないからだ。

　自室に戻ると、すぐさま着ていた服を脱ぎ、使用人の制服に着替えた。

「遅れてすみません、ただいま戻りました」

「お帰り、楓。それより体調大丈夫だったの？」

　一階の使用人の控室にいくと、同じく使用人としてこの屋敷で働く美知子(みちこ)がいた。美知子は楓より五歳年上の先輩で、家族のいない楓をいつも気にしてくれる頼りになる人だ。

「はい、特には……ただ疲労とストレスが原因かもって」

「えっ、それ大丈夫じゃないでしょう！　ねえ……原因ってもしかして……」

　とその時、控室の扉が開いた。扉を開けたのはこの屋敷の執事、田中(たなか)だった。

「古森くん、帰っていましたか。早速ですが、桜子様がお呼びです。今すぐお部屋に行ってください」

「は、はい！　わかりました」

　座っていた椅子から立とうとしたとき、美知子が楓の腕を掴んだ。

「田中さん、楓は今日体調が良くないんです。代わりに私が行きます」

「古森くん、それは本当ですか」

「美知子さん！　……あのっ、確かに少し疲れているかもしれませんが大丈夫です！　働けます！」

　楓は美知子ににっこり微笑むと、優しく腕を振りほどいた。

　美知子は心配そうな目で楓を見ていたが、あえて気づかないふりをして控室を出た。

――美知子さんに心配させちゃったなあ。確かに桜子様のところに一人で行くのは少し気が重いけれど、これも僕の仕事だから。

　足早に廊下を歩き、桜子の部屋の前に着いた。

　制服のネクタイをぐっと締め直し、逃げ出したくなる気持ちを抑え、ふぅ……と一つ息を吐く。

　拳に力をこめ、決心してドアをノックした。

「桜子様。楓です。遅くなってしまい申し訳ありません」

「入りなさい」

　冷たく刺すような声が部屋の中から聞こえた。

「桜子様、何かご用でしょうか」

　部屋に入ると、桜子は部屋の真ん中でアンティーク調の一人掛けのソファに座り、紅茶を嗜(たしな)んでいた。

　桔梗と同じ漆黒の長い髪を耳に掛け、猫のような大きな瞳で楓を睨みつける。

「何かって……あなたわからないの？　……楓、来週の金曜日のあなたの予定を教えなさい」

「えっと……予定というのは……」

「……あなた！　私が何を聞きたいのかわかってるでしょう!?」

　桜子はガシャン！　と音が響くほど乱暴にティーカップを机に叩きつけた。

　ティーカップからは紅茶がこぼれ、絨毯にまで滴(したた)っている。そして桜子の美しい顔面は怒りに満ち、額には青筋が浮いていた。

　楓はそんな桜子の様子にたじろぎ、一瞬迷った。しかし、ここで変に嘘をついたりごまかしたりするとさらに桜子の機嫌が悪くなるので、覚悟を決めて伝えた。

「あの……その日は、桔梗様とお食事に行く予定です」

言い終わると同時に「はぁ〜……」と大きなため息が聞こえた。

「やっぱりね。毎年毎年……本当に懲りないわね、あなた？」

また怒鳴られる——

ぎゅっと目を瞑った楓に、桜子は容赦なく罵倒を浴びせる。

「お兄様はね、望月家の次期当主になる方なのよ！　そのお兄様がただの使用人のあなたと二人で食事なんておかしいことなのよ！」

桜子は苛立ちが収まらないという様子で、ギリギリと歯を食いしばっている。

「お兄様も同情か何か知らないけど……いい加減、こんな使用人に構うのを止めてほしいわ！　だいたいあなたは……」

楓は、目を瞑り頭を下げたまま、ただひたすら桜子の苛立ちが通り過ぎるのを待った。

——桜子様は、桔梗様が好きだから僕に怒っているんだ……


楓より二つ年下の桜子は、楓のことを嫌っており、事あるごとに辛く当たる。

それは自分が誰よりも尊敬し大好きな兄・桔梗が、楓のことを大切にしているからだ。

桜子も根っからの悪人というわけではなく、初めは親がいなくて可哀想、と楓に同情の目を向け、親切にしてくれていた。しかし桔梗が頻繁に楓の部屋に向かい、あれこれと気にかけるので、血を分けた妹である自分よりも楓を可愛がっているように見え、我慢ができなくなってしまったのだ。

「聞いているの⁉　楓！」

桜子の鋭い声に身をすくめる。

「楓、あなたお兄様のお誘いを断りなさい」

「えっ……」

咄嗟（とっさ）に下げていた頭を上げた。

「あの、桜子様、申し訳ありません。桔梗様とお約束してしまったので、お断りするのは……。これ限りにします、もしまたこのようなことがあればお断りするように……」

「ダメよ！　断りなさい。理由なんてなんとでもなるわ。さもないとお父様に言ってあなたを追い出すわよ？」

「そ、そんな……」

ここを追い出されたら、楓には帰る家がなくなる。

楓の額から冷や汗が流れる。

——桔梗様に会えなくなるのは嫌だ！　この家を追い出されたら、住む世界が違う桔梗様には、きっともう会えなくなってしまう……

「わかりました……。桔梗様には行けなくなったと連絡します」

「今ここで連絡しなさい。持っているんでしょう？　お兄様に買ってもらった携帯」

桜子が楓のジャケットのポケットの膨らみを指さす。

高校卒業後、「もう社会人になるのだから必要だよ」と桔梗に言われ、初めて自分名義で契約した携帯。楓が分割で購入するつもりでいると、一緒に来てくれた桔梗が「社会人になったお祝いだよ」とプレゼントしてくれたそのシルバーの携帯を、楓はおそるおそる取り出した。

桜子の視線が突き刺さる。桔梗によく似た漆黒の瞳が早くしろ、と楓に言っているようだった。

ごくん、と唾を一つ飲み込むと、震える手でメッセージアプリを開いた。

『桔梗様、申し訳ありません。来週の金曜日のお食事、行けなくなりました。本当に申し訳ありません。楓』

――ごめんなさい、桔梗様……

涙がこぼれそうになるのを必死に堪えながら、震える指先で送信ボタンを押した。

「桜子様、桔梗様にメッセージを送りました」

「本当に送ったのよね？　見せなさい！」

楓が本当にメッセージを送ったのか疑っている桜子は、携帯を見せるよう強い口調で命令した。

楓が半泣きになりながら携帯を差し出そうとした、その時。

――ピリリリリ、ピリリリリー……

携帯の着信音が鳴り響いた。

この携帯には、望月家の固定電話と、桔梗の携帯の番号しか登録されていない。

そっと着信画面を見ると、そこには「桔梗様」の文字。桜子も画面を見たのか、一瞬驚いた顔をした後、楓をじろりと睨んだ。

「桜子様、電話をとってもよろしいでしょうか……」

「……いいわ、ただしここで取りなさい」

桜子の冷ややかな視線を浴びながら、楓は着信画面の応答ボタンを押した。

「はい、楓です」

『楓、今いいかい？　メッセージ見たんだけど、どうしたの？』

「すみません、桔梗様。あの、せっかくのお誘いだったんですが……英語の試験も近いですから」

『試験って……楓はいつも勉強しているから大丈夫だろう？　でも、そんなに勉強が大変ならお祝いは日にちをずらそう。それなら、当日は私が勉強を見てあげるよ』

いつもの、楓を労るような優しい桔梗の声。そんな桔梗に嘘をつかなくてはいけないと思うと、胸が苦しくなる。

「いえ、あの大丈夫です。桔梗様のお手を煩わせることはできません。……あの桔梗様っ、僕もうすぐ十九になります。もう子供ではありません。今までっ、その……お祝いとかたくさんの心遣い、あ、ありがとうございました」

桜子の視線と、桔梗への後ろめたさで声が上ずってしまうのを隠すように、楓はひと息に告げた。

『楓……？』

「もう僕は大丈夫です。ただの使用人なのですから……。だから今後は……そういうことはしないでください」

『どういうこと？』

「桔梗様、ごめんなさい。本当にごめんなさい……もう切りますね」

そこで楓は電話を切った。

桔梗が何か言いかけていたが、これ以上話すと涙が出そうで、そうなると勘のいい桔梗のことだから、きっと楓がどんな状況にいるかわかってしまうだろう。

――そうなったら……そして、それが桜子様にバレてしまったら、ここにはいられない……

震える手で携帯を握りしめ茫然としていると、桜子のくすくすと馬鹿にするような笑い声が聴こえた。

「なんだ、ちゃんと言えるじゃない」

桜子は満足そうに続けた。

「お兄様の着信はもう取ってはだめよ。そうそう、お兄様には私がちゃあんと話しておくから安心して？『楓は、お兄様に何かと構われるのが本当は嫌だった』って」

「そ、そんな！」

「あら、なあに？　ここに居られなくなってもいいの？」

「……っ」

「楓。よく覚えておきなさい。私がお父様に言えば、あなたなんてすぐに追い出せるんだから。身分をわきまえなさい。わかったなら早く出て行って」

桜子の部屋を出て仕事に向かったが、その後のことはぼんやりとしか覚えていない。

仕事が終わり携帯を見ると、不在着信が何十件も残っていた。

もう取ることのできない電話を、ただ握りしめることしかできない。

体の怠さに耐えきれず、ふらふらとベッドに横たわる。

「薬飲んだのに、おかしいな……」

目を瞑り、桔梗のことを想うだけで体に熱がこもり、お腹がちくちくと痛んだ。


それから何日も桔梗に会うことはなかった。

桔梗はどうやら仕事が忙しくなったらしく、毎日真夜中に帰ってきて、朝早く出て行っている。

あの日以来、屋敷で姿を一目見ることもできなかった。

電話も着信があったのはあの日だけだった。自分から拒絶したくせに、桔梗からの着信がないか、一日に何度も携帯を確認してしまう。

――桔梗様に嫌われてしまったのかな。でも、それでも……もう会えなくなるよりはずっといい

……


そうこうしているうちに、楓の誕生日になった。

「ん……薬飲んでるのになかなか良くならないな……」

朝、ベッドから怠い体を無理やり起こすと、額に片手を当てた。ここ数日は体調の波が大きく、

調子がいい時もあったが、今朝は一段と悪かった。

チェストから救急箱を出し、中から体温計を取り出した。

「頭痛はないから、まあ大丈夫だと思うけど……」

ピピピと音がした体温計を見ると、三十七度四分。

「うーん……微熱だけど、悪化するかもしれないし……今日はお仕事休むしかないかな……」

楓は自分の携帯から望月家の固定電話に電話を掛けた。しばらく呼び出し音が鳴った後、男性が電話に出た。

『はい、望月でございます』

「あっ……田中さんですか。か、楓です」

『古森くんですか、どうしましたか？　今は部屋ですよね』

「はい、少し熱があって、体調が悪いんです……今日はお仕事休んでも大丈夫ですか」

『それはいいですけど、大丈夫なんですか？』

桔梗のことや体調のことでこのところ心細さを感じていたこともあり、いつも冷静で笑わない田中が心配してくれることが嬉しくて、思わず涙ぐんでしまった。

「大丈夫、です……ありがとうございます」

電話を切った後、ぼんやりする頭の中で桔梗のことを思い浮かべた。

——どっちみち、こんなんじゃ会えなかったな……桔梗様……。夢の中だけでも一目会えたらいいな……

そう思いながら、深い眠りの中に落ちていった。

熱い――？

目が覚めたのは、もうとっぷりと日が暮れた夜だった。

「はぁ、はぁ……なに、これ……」

体が異様に熱い。なにより、下半身がムズムズして触りたくてたまらない。

「ひっ……な、なんで……」

恐る恐る掛布団をめくりズボンを下げると、陰茎は勃ちあがり、パンツは自分の精液でベトベトに汚れていた。さらには苦しくて身を捩るたび、後孔が濡れていく感覚がした。

「なに、なんで……うぅー……」

自分の身体の変化に戸惑いながらも、とりあえずベトベトになっている下着を脱ごうとした。

だが、少しでも体に触れると快感が全身を襲い、陰茎からピュクピュクと白濁した液がこぼれてしまう。

「もういやぁ……なにこれ……ん、あ……」

不安と快感が同時にやってきて、どうしていいかわからない。

涙と涎（よだれ）を垂れ流し、喘ぎ苦しむ中——

部屋のドアの向こうから、一番会いたい人の声が聴こえた。

「楓。私だ……少し会えないか」

第二章

「き、桔梗、様……？」

「楓、田中から聞いたよ。体調悪いんだろう？　心配なんだ……」

桔梗の声を聞いた途端、体にピリピリと電流のような感覚が走った。

「だ、だめです……！　はぁ……桔梗様、お願い……来ないでくだ、さい……」

「そんなに私が嫌になったのか？」

「……っ！」

そんなことは絶対にない。けれど、この状況でははっきりと否定することもできなかった。

「……わかった、食事を持ってきたんだ。朝から何も食べていないのだろう？　これだけでも置かせてくれ」

「だめっ……桔梗様っ！」

誰よりも大切な桔梗にこんな姿を見られたくない。幻滅されたくない、嫌われたくない――

その一心で桔梗の名を叫んだが、それも桔梗がドアを開けたことで無意味になってしまった。

「この匂い……」

「ひぃっ……ふぇ……来ないでって、言ったのに……」

ベッドの上でぐずぐずになりながら必死にシーツで体を隠そうとする楓に、躊躇(ちゅうちょ)なく桔梗が近づく。

ベッドのそばまで来ると「やめて、来ないで」と泣きながら繰り返す楓の頬を、長い指で柔らかく包み込んだ。

「やはり君は、私の運命だ……」

そう言いながら、楓の唇に噛みつくようなキスをする。

楓は驚き、桔梗から自分の体を引き離そうとしたが、本能が桔梗を求めていた。


――欲しい、欲しい……桔梗様が欲しい……


さっきまで不安でしょうがなかったはずなのに、今はもう桔梗に誘われるがまま舌先を絡め、流れてきた唾液を飲みこんだ。

ふと桔梗を見つめると、その目はいつもの優しいものではなく、熱を帯び、獰猛（どうもう）な獣の色を覗かせていた。

射すくめるようなその視線に、楓はさらに体を熱くした。

「き、桔梗様……気持ち、いい……もっと……」

初めてのキス。

しかもずっと慕っていた桔梗が相手。それだけで、体中が敏感に反応してしまう。

「気持ちいいね……楓。可愛いよ、とっても。私はずっと、ずっとこの時を待っていたんだ……」

「あっ、あ、桔梗様……もう……体がへん……助け、て……」

「はぁ……匂いが濃くなった……。これが、運命か……たまらない」

ぴくぴく痙攣する楓の体がぐっと抱きしめられた瞬間、陰茎からぴゅるっと白濁した液が飛び出した。

「あ、あぁっ……き、きょう、様……あっ……ごめ、なさ……」

自分の醜態が恥ずかしくなり、涙がぽろぽろと流れてしまう。

しかし快楽を我慢することはできず、ただ感じるままに身を捩った。

「感じてくれているんだね、楓、すぐに楽にしてあげるから」

桔梗が慈しむように楓の色素の薄い髪を撫でる。

「ただ……私も、もう限界なんだ。少し我慢して」

そのまま楓はシーツを巻き付けられ、横抱きにされて、桔梗とともに部屋を出た。


ぼんやりとしたまま辿り着いたのは、桔梗の自室だった。

キスをしたままベッドになだれ込むと、桔梗は楓の服のボタンを外し、生まれたままの姿にした。

「はぁ……綺麗だ、楓」

手のひらを薄い脇腹から腰へと滑らせると、楓の透き通るような白い肌がピンク色に染まる。

「あ、あん……もう辛いです……桔梗様ぁ、桔梗様ぁ……！」

楓は半泣きになりながら桔梗の頬に手を伸ばし、腰を揺らしながら、陰茎を桔梗の太腿に擦り付けた。

「私の運命はなんていやらしくて可愛いんだ……」

桔梗が楓の白濁液で汚れたスラックスとシャツを脱ぎ去ると、細身ながらもしっかりと鍛えられた肌が露わになる。そして楓を見下ろすと、その細く柔らかい太腿をぐいっと持ち上げた。短めに切られた黒髪が楓の下腹部に当たる。その次の瞬間、桔梗の舌先が躊躇なく楓の蕾を捉え、舐めた。

「ひゃあっ……そん、な……桔梗さまぁっ！」

楓は半泣きでイヤイヤと首を振り、力の入らない手で桔梗の頭を押したが、桔梗は構わず蕾の奥へと舌を進めた。

こんなところを……と最初は恥ずかしく思ったが、とろとろとした汁が蕾からじゅわっと溢れ出てきて、楓はあまりの快感に、次第に全てがどうでもよくなっていった。後孔に触れる桔梗の舌先の感覚だけが全身を支配していく。

「凄いな、これは……楓、私を見て？」

「あっ、あ、桔梗、様……桔梗様……もっと……」

快楽を求め、何度も桔梗の名前を呼ぶだけで、楓の理性はもう少しも残っていなかった。

「き、きょう様……キス……して、ください……」

楓の指先が桔梗の頬に触れ、唇が名前を呼んだ瞬間。

桔梗が性急に楓を組み敷いた。

「本当は、心も繋がってから交わりたかったが……すまない、楓。絶対、絶対何があっても離さないから」

唇を何度も甘噛みされ、自分のものではないような、柔らかく高い喘ぎ声が部屋中に響きわたる。その声を誰にも聞かせまいとするように、桔梗が舌を楓の舌に絡ませる。

馬乗りになった桔梗に、胸のぷっくりとした尖りを指先でころころいじられる。反対の手で臀部を優しく撫でられるだけで、全身を快感が駆け抜けていく。楓はもっとしてとせがむように腰を揺らし、濡れた瞳で桔梗を見つめた。

そんな楓に応えるように、桔梗の長く男らしい指先が蕾に触れると、もうそこは簡単に指を飲み込んでしまうほど蜜で溢れ、濡れそぼっていた。

「ヒクヒクしてるね。指……いれるから、痛かったら我慢しないで言いなさい」

「ひゃあんっ……！」

桔梗の優しい心配は杞憂に終わり――楓のそこは、一切の抵抗なく桔梗の指を飲み込んだ。待ちわびた刺激に、ゾクゾクと快感が走り抜ける。

ゆっくりと奥まで挿入された指先が、つっとお腹側に曲げられた瞬間――桔梗の腕を強く掴みながら、白濁をまき散らしてしまった。

「大丈夫そうだね……。ねぇ楓、好きだよ」

イったばかりで、ふるふると体が勝手に震えてしまう。楓のこめかみにキスを落とすと、桔梗は楓の両足を持ち上げ、自身のいきり立った竿を楓の入り口に当てた。

「あぁっ……！　あ、あん……はぁ、あ、あんっ」

「楓……楓っ……！」

桔梗が自分の中に入っている——そんなことを感じる余裕もなく、奥へ奥へと入ってくる桔梗にただ腰を掴まれ、揺さぶられ続けた。

シーツがお互いの汗と体液で冷たくなるほど濡れている。そのひやりとした感覚だけが自分を今ここに繋ぎとめているように楓には思えた。


「は、はぁ……あ、あ……」

ひっきりなしにあえぎ続けた楓の喉はカラカラになり、声はだんだんと掠(かす)れてきた。

「楓、そんなに私を煽らないでくれ……」

「ぁ……あっ、ああっ……」

一体どのくらい時間がたったのだろう。何度も絶頂を迎えては抱かれ、与えられ続ける快感にだんだんと意識が朦朧(もうろう)としてきた。

「楓、もう限界……？　でも、もう少し付き合って……」

「あぁっ！　んっ……はぁあ……ん！」

一際強い感覚が全身を刺激する。そこで楓の意識はプツリと途絶えた。


「ん……」

柔らかい光がレースのカーテンから漏れる。

その暖かさに気づいて、楓は微睡から覚めた。

そして、いつもと違う寝心地の良いベッドの感触にサーッと血の気が引く。

急いでベッドから身を起こし辺りを見回すと、そこは桔梗の部屋で、一気に昨夜のことを思い出した。

「ぼ、ぼくは……なんてことを……」

――昨日の僕は体がとても変だった……。でもだからって……桔梗様になんてことをしてしまったんだ……

これからのことを考えると、体がガタガタ震えてしまう。

それをなんとか抑えようと、自分の体を両手でぎゅっと抱きしめた。

そしてそれと同時に、自分が何も着ていないことに気がついた。

「と、とりあえず何か服を着ないと……」

痛む腰に手を添えながらそっとベッドから降りると、自分の太腿の間に白くとろっとした液が伝った。

――……ひっ！　……これって、桔梗様の……？

交わった証が自分の中から溢れるのを見た瞬間、体が一気に熱くなった。

昨夜の記憶は残っているが、どれもぼんやりとしていた。

覚えているのは快楽と痛み、ピリピリと伝わる桔梗の熱、そして自分が桔梗を求める声……

――どうしよう、僕……こんなにも幸せだなんて。抱いて……もらえた。ダメだってわかってるけれど……好きな人に抱いてもらえたんだ……

嬉しくて涙がこみ上げてくる。でもその涙は、嬉しいだけの涙ではなかった。

――このことが誰かにバレたら、この家から追い出されてしまう……でも、嘘をついて隠し通せる自信なんかない。桔梗様を見たら、きっと思いが溢れてしまう。なによりこんなことをさせてしまった桔梗様に申し訳ない。それならいっそ自分から……

「この家を出ないと……」

幸い、今ここに桔梗はいない。

決心が鈍る前に……と、涙を手の甲で拭い、よろける足で着るものを探した。

が、ここは桔梗の自室。当然桔梗の服しか置いておらず、楓は裸のままうろうろするしかなかった。

「とりあえずシャワールームにあるタオルでなんとかするしかないかな……」

桔梗の自室にはシャワールームとトイレが備え付けてある。現在の時刻は朝の六時半。この時間、使用人は働いているが、誠一郎も桜子もまだ自分の部屋にいるだろう。バスルームにあるタオルで隠せるところだけでも隠して、急いで自分の部屋に戻らなければならない。

シャワールームに駆け込むと、脱衣所の一番上の棚に白いバスローブが置いてあるのが見えた。

「あっ、これならタオルよりは……」

しかし楓の背では、棚の上には手が届かない。必死につま先立ちし、手を伸ばすと運よく中指がバスローブの襟に引っ掛かり、取ることができた。

「早くここから出ないと」

自分に言い聞かせるように呟くと、バスローブを着込みシャワールームを飛び出した。

廊下に繋がる扉のドアノブに手をかけ、そっと開けた。顔だけ出して左右を確認するが、誰の姿も見えず、こちらにやってくる気配もしない。

「誰もいないみたい、良かった……」

頭の中で、最短で自分の部屋までの道をシミュレーションする。

「よしっ、非常階段から外に出られたら、あとは裏口からこっそり行けば大丈夫なはず……」

そして一歩部屋を出ようとした瞬間、ふわっとシトラスの爽やかな香りが楓の鼻腔を刺激した。

「この香り……」

——間違うはずがない、忘れるはずがない。

「桔梗様の……」

まるで『出ていくな』と呼び止められたような感じがして、思わず振り返った。

そこにはいない桔梗の香りを、忘れないようにくん、と一つ嗅ぐと涙が溢れそうになり、咄嗟(とっさ)に目頭を押さえた。

——ありがとうもごめんなさいも言えなかった。

「さようなら」

誰にも聞こえないほど小さな声で呟くと、楓は廊下に飛び出した。

誰にも見つからないように息を殺し、足音を立てないように走った。

十一月の朝の気温は思った以上に冷たく、裸足で非常階段を降りる楓の足先は凍えて真っ赤になっていた。

非常階段を降り、裏庭を誰にも見つからないように身を屈めながら走ると、裏口から一番近くにある楓の部屋まであっという間に着く。

「はぁ、はぁ……良かった。誰にも見つからなかった……」

ドアにもたれながら息を整える。誰にも見つかることなく自室に戻れて、ほっとしてしばらくへたり込みながらぼーっとしていた。しかし、ドアの向こうから早番で来ている通いの使用人たちの話し声が聞こえて、ハッと我に返った。

「ぼーっとしてる暇ないのにっ……！」

楓は急いでバスローブを脱ぐとチェストを開け、濃紺のジーンズと深緑のセーターを出した。数少ない楓の私服は、ほとんどが目立たない地味な色ばかりだった。それは自分の肌や瞳、髪の色がただでさえ目立ってしまうので、少しでも隠すためだった。

小さめのボストンバッグに下着といくつかの服を入れる。チェストの奥にしまってあった通帳と刺繍の道具を入れると、もうそれだけでバッグはパンパンになった。

「これは……持っていってもいいですよね、桔梗様」

ハンガーラックに掛けてある上質なキャメルカラーのトレンチコートをハンガーから外すと、楓は大切そうにぎゅっと抱きしめた。

このコートは一年前、楓の誕生日に桔梗からプレゼントされたものだった。

ボストンバッグの上にトレンチコートを置くと、楓は机の引き出しからシャープペンシルとノートを取り出した。桔梗に置き手紙をと、ノートから一枚紙を破りペンを握りしめる。

書きたいことはたくさんあったが、いざ書こうとすると桔梗への想いが溢れてしまい、上手く書くことができなかった。何度も書いては消しを繰り返したが、結局『今までありがとうございました』と書くので精一杯だった。

そして机の上に手紙と、この間完成したばかりの刺繍入りの白いハンカチーフを置いた。

「せめて、これだけでもあなたに届いてくれたらいいな」

赤い椿の刺繍が入ったハンカチーフ。

赤い椿は西洋の花言葉で「あなたは私の胸の中で炎のように輝く」。

――出会った時から、僕の胸は桔梗様、あなたでいっぱいでした……

そっと指先で椿の刺繍に触れた後、ボストンバッグとコートを持つと部屋の扉の前に立った。

時刻は七時前。今なら使用人たちは忙しく働いているからきっとここには誰も来ないはず。

そう思いながらドアノブに手をかけた。

すると、まだ力を入れていないのに勝手にドアノブが動いた。

「楓っ!!」

「ひゃっ……」

勢いよく開いたドアに押され、楓は尻もちをついた。

驚き見上げると、そこには悲しそうに微笑む桔梗が立っていた。

「き、きょう……様」

「楓っ！　ここにいたんだね、心配した……」

桔梗は部屋から消えた楓を捜してくれていたのだ。

心底ほっとしたように大きく息を吐くと、桔梗は座り込んでいる楓を力一杯抱きしめた。

「え……なんで、僕、桔梗様に酷いこと……」

力強い腕の中で、楓の心臓がバクバクと鳴る。

桔梗は抱きしめていた腕を緩め、楓の顔をじっと見つめる。

そして床に置いてあるボストンバッグとコートを見つけると、眉間に皺を寄せた。

「楓、もしかして出て行こうとしたのか」

「だって、僕……桔梗様のお誘い……断ったし、酷いこと言いました。それなのに、昨日……してはいけないことを……もう、合わせる顔がありません」

「楓……。大丈夫。気にしなくていい。……それより、体は大丈夫？」

「あっ……」

そこで楓は気づいた。一週間以上続いた微熱や倦怠感、そして昨日のうなされるような熱と、下半身の疼きが一晩にしてなくなっていたのだ。

「あれ……？　あの、大丈夫です。怠さとかももうありません」

その言葉を聞くと、桔梗は満面の笑みを浮かべた。

「楓、私は今とても嬉しいんだ。さぁ、お医者様のところへ行こう」

楓の両手を取り、優しく立たせると、床に置いてあったコートを楓の肩にそっと掛けた。

「桔梗様！　あの、僕、大丈夫です。本当に体はもう良くて……」

「だからだよ」

断ろうと必死に訴えたが、楓の肩に触れる桔梗の手は力強く、振りほどくことができない。

そのまま押されるように部屋を出て、気づいた時には桔梗の車に乗せられていた。

途中、すれ違った使用人の中に美知子がいたが、まるで鳩が豆鉄砲を喰らったような顔をして驚いていた。

仕事用ではない桔梗の車。望月自動車のセダンでは最高級ラインで、漆黒のボディがピカピカに磨かれている。

この車に初めて乗った日のことはよく覚えている。

高校の入学式。せっかく高校に行かせてもらうんだからと猛勉強し、首席で入学した学校。家族のいない楓は、一人で式に出ていた。それが当たり前だと思っていたので、寂しいとも思わなかった。

教頭先生から名前を呼ばれ、新入生代表としてスピーチをするために壇上に上がると、なんと保護者席に桔梗が座っていた。楓は自分のために来る人なんていないと思っていたから、もの凄く驚いた。ましてや忙しい桔梗が、仕事を抜けて来てくれるなんて。

式が終わり、保護者席の桔梗に駆け寄り、どうしてここにいるのかと聞くと『大切な子の、大切な日に来るのは当たり前のことだよ』と、さも当然のように言ってくれた。そのことが嬉しくて、教室に戻る道中は口元が緩みっぱなしだった。

そして、帰ろうと校門をくぐるとこの車が停まっていて、そのままホテルのレストランに連れて行かれ、初めて高級フレンチ料理というものを食べさせてもらったのだ。

――そんなこともあったな……

窓の外をぼんやり見ながら物思いにふける。

桔梗は、出発直前にどこかに電話をしたきりで、車の中の二人は終始無言だった。

「さぁ楓、着いたよ」

桔梗の言葉ではっと我に返る。

外を見ると、そこはあの高校の入学式の日に来たホテルだった。

「桔梗様、ここ病院じゃ……」

そこまで言うと桔梗は楓の言葉を遮(さえぎ)った。

「楓。運命って信じるかい？」

ホテルのエントランスでは、既に支配人が二人を待っていた。

「お待ちしておりました、望月様。いつものお部屋を用意しております。こちらへどうぞ」

支配人はしっかりと整髪料でオールバックに固めた頭を深々と下げた後、桔梗の鞄を受け取った。

「支配人。急なお願いに対応、感謝するよ」

「いえいえ、いつも望月様にはよくしていただいておりますから」

どうやら、出発前に電話をかけていた相手はこの支配人だったらしい。


エレベーターはみるみるうちに上がる。ガラス張りのエレベーターから下を覗くと、外を歩いている人たちがだんだん小さくなっていき、楓の足はすくんだ。

チン、とエレベーターが目的階に着いた音がし、扉が開く。桔梗がニコニコと微笑みながら楓の手をきゅっと握った。

「さあ行こう。……ところで、ずっと、外を見ていたね。何か面白いものでもあった？」

「あっ、いえ……その、こんな高いところ初めてで……すみません」

高級ホテルでは相応しくない行動だったかもしれない、と楓は真っ赤になった。

「なに、謝ることはない。真剣に外を見ている姿、可愛かったよ。……まあ、これからはこういうところに来る機会が増えるから、少しずつ慣れていこうね」

「え……？」

なんで増えるんだろう？　そう思っているうちに一つの扉の前で支配人が歩みを止め、こちらを振り返った。

「お部屋はいつもの最上階をお取りしております。何かありましたらフロントまでご連絡ください。……ではごゆっくりお過ごしください」

支配人は桔梗にルームキーと鞄を渡し、頭を下げると、そのまま来た道を戻っていった。

「さあ、楓。中に入って」

桔梗はルームキーで扉を開けると、楓に入るよう促した。

楓は緊張しながらも部屋に入ると、口を開けて固まってしまった。

広々としたリビングにガラス張りの窓。そこからは東京の高層ビル群と富士山が見える。

「楓、大丈夫？　……もうすぐお医者様が来るから。コートを脱いでソファに座ってて。私はお茶でも淹れてくるよ」

「は、はい……！」

桔梗に言われるまま急いでコートを脱ぎ、ソファに座った。

と、そこで楓はあることに気がついた。

――お医者様に診てもらうって……僕、保険証もお金も持ってきてない！

慌ててキッチンにいる桔梗に駆け寄った。

「あの、桔梗様。僕、お金も保険証も持ってきていなくて、その……」

「……え？　お金？　何言ってるの楓」

楓がなんとか診察代が払えないことを説明しようとしていると、ピンポーンと部屋のチャイムが鳴る音がした。

「あっ、お医者様がいらしたよ。楓、ソファのところで待ってて」

桔梗はそう言うと、さっさとドアのところに行ってしまった。


「やあ、初めまして！　君が古森楓くんだね。俺は山之内総合病院で医師をしている山之内明彦といいます。君の話は桔梗からよく聞いているよ」

部屋に入るなり大声で挨拶をしてきた男は、ニカッと笑いながら楓に握手を求めた。桔梗よりも大きいその男はネルシャツにジーパン、茶髪の長い髪を一つに縛っていて、楓が思い描いていたお医者様像とはかけ離れていた。

「先輩、先に行かないでくださいよ。楓、こう見えてもこの人、私の大学時代の先輩で、ちゃんとしたお医者様だから安心して」

後から部屋に入って来た桔梗の言葉を聞いて、楓はホッとしてやっと握手に応えることができた。

「えっと、古森楓です。今日はよろしくお願いします。といっても……体調は良いんですけど
……」

「そうなの……？　君に発情期が来たって連絡がきたからここに来たんだけど」

「え……？」

「だって君、オメガでしょ？」

その言葉に楓は愕然とした。

「ち、違います！　僕はベータで……診断もしてもらっています！」

「そうなの？　でも……俺ベータだけど、君から少しいい匂いがするのわかるよ。まぁ、今から検査するからどっちみちすぐわかるけど」

　楓が固まってしまったのを察して、桔梗が遮るように話に入ってきた。

「山之内先輩、楓にはまだ何も言ってないんです。説明は私からするので……。とりあえず検査をお願いします」

「ああ、わかったよ。……楓くん、採血しないといけないからとりあえずベッドに行こう」

「は、はい……」

　山之内は楓から『いい匂いがする』と言う。

　――僕がオメガ？　いい匂いがする？　そんなはずない……。だって、僕ちゃんとベータだって診断を受けているんだから。きっと何かの間違いだろう。

　戸惑いを胸に、楓は寝室に入った。


「はいこれ、採血ね。ちょっとチクってするけど我慢してよ。あとこれ簡易性別診断だから。結果は十五分くらいで出るけど、詳しい検査も必要になると思うから、週明けにでもちゃんと病院に来てね」

　大の大人が三人は寝ることができそうなキングサイズのベッドに横になったあと、山之内から血液検査の説明を受けた。

なんでこうなっているのかいまいちピンとこなくて、うんうんと頷くだけで精一杯だったが、楓の心の中は不安で溢れていた。

ベッド横に山之内が座る。その後ろに桔梗が腕を組みながら立っていて、検査の間ずっと優しい目で楓を見つめていた。その瞳を見つめていると不安が薄れるような気がして、目を離すことができなかった。

「はい、血は取ったから隣の部屋で調べてくるね。昨日みたいになったのは初めて?」

「あっはい、初めてです」

「そうなんだ、匂いはうっすら感じるくらいだけど……。すぐ桔梗に見つけてもらえてよかったね。じゃあ、楓くんはこのまま横になってて。そんで桔梗はそばに付いててあげて。……あっでもイチャイチャすんなよ。君たち、さっきから見つめあいすぎ」

桔梗の肩をポンと叩くと、じゃあ後で、と言い残し、山之内は部屋から出ていった。

――僕、ずっと桔梗様のこと見つめてしまってた! どうしよう……

楓は恥ずかしくなり、横になったまま両手で顔を覆う。

桔梗に背を向けるような形で丸まっていると、桔梗がさっきまで山之内が座っていた椅子に座る気配がした。

「楓、体は大丈夫?」

「はい……」

「良かった。なら君の可愛い顔を見せて?」

桔梗はそう言いながら楓の両手をそっと外した。

「楓。君に話しておきたいことがあるんだ……。体起こせる？」

「はい……」

楓がベッドから体を起こすと、桔梗はそっと楓の両手を包んだ。

「何から話そうか……。楓に伝えたいことはたくさんあるからね。……うん、でも最初に言わなくちゃいけないことはこれしかないな。楓、君も君の周りの人も、楓のことをベータだと思っているね」

「はい、そうです。僕の両親もベータです。ベータの親からはベータしか産まれませんし……」

「そうか……そうだね。でもね、私は君に初めて出会った時から、君をオメガだと思っていたんだよ」

「えっ……？」

「驚かせてすまない。……私は中学生の時からアルファ用の強力な抑制剤を飲んでいる。だからオメガの匂いに誘惑されたことなんてないし、嗅いだこともないんだ。なのに君の匂いだけはよくわかる。特に昨晩のあれは、だいぶきつかった。何を捨てても君が、楓が欲しいとしか考えられなかった。楓もそうだったんだろう」

「そ、それは……」

「楓……これが何を意味しているかわかる？」

「え……？」

「私たちは運命の番（つがい）なんだよ」

第三章

初めて楓に会った時の衝撃を今でも覚えている。

当時、私は大学を卒業し働き始めたばかりで、父に言われるがまま必死に仕事をこなしていた。まだ新入社員の年齢でありながら一人だけ激務を与えられ、研修とは別のスケジュールで動いている私を、同僚はいつも遠巻きにしていた。

望月家に生まれた時点で自分の人生はそういうものなのだ、ととうに達観していた。だから自分が孤独であることにも、特に何も感じていなかった。


そんなある日、施設への訪問を命じられた。

望月自動車が援助している児童養護施設には、何らかの事情で親と離れて暮らさなければいけない子供や、事故や病気で親を亡くした身寄りのない子供たちが二十人ほど住んでいた。これまでは父が定期的に顔を出していたので、社員となった私も役割を果たせということなのだろう。

「望月桔梗さんですね。来ていただけて嬉しいです。子供たちにね、今年は若いお兄さんが来てくれるのよって言ったら『一緒にサッカーするー』なんて喜んじゃって」

「毎年父が訪問していますよね。子供たちが可愛いといつも言っていますよ。私はまだまだ若輩者ですが、皆さんのご期待に応えられるようこれから頑張ります」

出迎えてくれた施設長の女性とそんな話をしながら歩いていくと、だんだん騒がしい子供の声が聞こえてきた。

「ここの部屋がプレイルームで、まあ大きな子供部屋って感じかしら。望月さんにご挨拶するために皆集まってるんです。騒がしいけれど、中に入って一緒に遊んでくださると嬉しいです」

「もちろんです、そのために来たんですから」

笑顔で応えると、施設長は嬉しそうにプレイルームの扉を開けた。


その瞬間——ブワッと、身震いするほどの甘い花の香りがした。

全身の神経を支配するようなその香りに包まれ、頭のてっぺんから足の先までピリピリと痺れるような感覚が走る。

同時に、嗅いだことのないこの香りを、自分が知っていることに気づく。

記憶にはないはずのこの香りを、私の体が、本能が、求めている——

こんな気持ちになったのは初めてだった。

これは何だ——？　強烈な欠乏感と飢餓感。私の体には、心には、何かが欠けていたことを思い知らされる。

自分を満たしてくれるのは、きっとこの香りの持ち主しかいないと知っている。見たこともない相手への焦燥感が募る。この感覚は、きっと——

「望月さん？　どうかしましたか？」

施設長が動かなくなった私を心配して振り返る。

「お兄ちゃんがお客さんの人ー？」

「ねえ遊ぼー」

ハッと我に返ると、何人もの子供たちが足元に近寄ってきていた。だが、その子たちからは何の匂いも感じない。

――違う、違う。この子たちじゃない。じゃあどこに……

匂いを探るように辺りを見回す。すると、窓のほうからひときわ強い香りを感じた。そこには窓際で体育座りをしながら、ひとりでぼーっと外を眺めている少年がいた。

――あの子だ！

近寄ってきた子たちを構うこともできず、その子に吸い寄せられるように一歩ずつ近づく。自分がアルファとして生まれてきたのはこの子に出会うためだったのだと、本能がそう言っているようだった。アルファ用の抑制剤を飲んでいるのに――彼の首筋に噛みつきたくてたまらない。

ゆっくりとその少年の前に立ち、片膝をついて目線を合わせた。

「はじめまして、こんにちは。望月桔梗といいます」

狂おしい気持ちを抑え込んで微笑みを浮かべ、理性を保つ。次期当主として、幼い頃から内心を悟らせない落ち着いた所作を厳しくたたき込まれてきたことが初めて役に立った。怖がらせないように。警戒されないように。ゆっくりと言葉を紡ぐ。

春に中学二年生になったばかりだという楓は、同じ年頃の子と比べてもはるかに小柄で、今にも消えてしまいそうな雰囲気を持っていた。

栗色の髪の毛は、目の色を隠すために伸ばしっぱなしにしているのだという。白すぎる肌はあまり外に出ていないのか、不健康そうに見える。

初めは固く心を閉ざした様子の楓だったが、次第に笑顔になり、言葉を交わしてくれるようになった。

嬉しさのあまり、抑えていた本音が思わず口をついて出た。

「楓くん……私のところへ来ませんか？」

——絶対、この子を離すものか……

形式的にほかの子供たちとも遊び終わり、見送りに出てくれた施設長に尋ねる。

「施設長、ここにはオメガはいないんですよね」

「えぇ、オメガはオメガ専用の施設に行く決まりですから……。今ここにはベータの子しかいません。検査もしていますよ」

施設長は運営体制を疑われたのかと思ったのか、少し強い口調で返してきた。

「いえ、深い意味はないんです。失礼しました。……ところで、古森楓くんについてなんですが……彼に身寄りはいるんですか？」

「あの子に身寄りはいませんよ。それどころか、友達といえる子も……ご両親を亡くして、天涯孤独の身の上で。そのせいか、なかなか心を開いてくれなくて」

私は心の中で歓喜した。

「ほら、髪の色も瞳も珍しいでしょう？　こちらが普通に接しようとしてもおどおどしてばかりで、子供たちにからかわれたりするみたいなんです。今日みたいに初対面の方と笑顔でお話しするのは初めてです。きっと望月さんがお優しいから」

「そうですか……なら、我が家で引き取りましょう。できるだけ早く」

驚いて目を見開く施設長に微笑みを返す。

――これであの子をずっと近くに感じることができる。

それから楓が望月家に移ることになったのは、訪問からわずか二週間後のことだった。


「なぜ勝手に子供を連れてきた！」

楓を連れ帰ったその日、私はすぐに父の書斎に呼ばれた。

書斎の扉を開けてすぐに飛んできた怒号。まあわかっていたことだ……と大きく息を吐いた。事前に相談もせず連れてきたのだから、一発殴られることくらいは覚悟していた。

「あの子は行く先々でいじめに遭い、施設を転々としていたそうです。来たばかりのあの施設の中でもいじめられて孤立していた。職員の証言もありました。これから先、あの施設で何か問題が起きた時、望月の名前が出てしまったら世間体も良くないでしょう」

「だからと言って相談もなしに連れてくるやつがあるか！　今すぐ施設に戻してこい。まったく何を考えているんだ、慈善活動家気取りか？」

この家の人間は自分には逆らえない、怒鳴れば言いなりになると思っているのだろう。言いたいことだけ言って、父は革張りのソファから立ち上がると、ブツブツと文句を言いながら部屋を出ていこうとした。

——絶対に、楓を手放さない。

言葉よりも先に体が動いていた。

桔梗は出ていこうとする誠一郎の腕を掴み、目の前に立ちはだかった。

「父さん！　私は楓を施設に戻しません。何があっても。それに……今施設に戻せばそれこそ問題になります」

「桔梗、お前……」

「責任は私がとります」

そしてゆっくりと膝を折り、床に両手と頭をつく。

「ここまでしても譲れないものがあるのか」と、どこか自分自身を冷静に見ている自分がいた。アルファとして生まれて二十二年、初めての経験だった。

「みっともないことをするな、お前は望月の次期当主だろう！　まったく無茶なことを言いおって。……仕方ない、その子どもは住み込みの使用人として扱うこと。間違ってもうちの養子なんぞにはせんからな。あとは勝手にしろ」

這いつくばったままの私に、父が厳しい口調でそう言った。

「望月さん……」

「楓、お待たせ。ごめんね一人にして」

楓のために用意した部屋で、父の話を伝えた。

「楓、ごめんね。使用人なんて……だけど私は……」

「望月さん。ありがとうございます！　あなたは僕を気持ち悪がらないし、とっても優しくしてくれる。さっき会った田中さんって人も、僕がうまく話せなくても怒ったりしなかった。……凄く幸せです。だから仕事、頑張りますね」

そう言いながら楓は柔らかく微笑んだ。

その時に私は誓ったんだ。君がここで幸せに過ごせるように私の全てを捧げようと。花が綻ぶようなその笑顔を一生かけて守ると――

母から習った刺繍を楓に教えるのが好きだった。勉強を見てやると喜ぶ楓が可愛かった。一緒に外出しようと誘うと目を輝かせて喜ぶ姿がまぶしかった。出先ではつい楓が喜びそうなものや似合いそうなものを探してしまう。頭を撫でるだけで花が綻ぶように微笑む姿は何より愛おしかった……

気が付けば「運命」という理由だけでは収まらないくらい、楓のことが好きになっていた。

高校を卒業してから、日に日に濃くなっていく楓の香り。けれど、私は楓を大事にしたかった。楓が大人になって、楓と思いが通じ合ってから、楓の許しを得て番になろう。

自分にそう言い聞かせ、間違いを起こさないために、きついアルファ抑制剤を飲んだ。

……だから、楓から誕生日の祝いを断る連絡が来たときは、心臓がつぶれるかと思うほど苦しかった。

どうして突然態度が変わったのか、気になって電話をかけても返ってくるのは拒絶の言葉だけ。そのうち電話も取ってくれなくなった。

直接会いたかったが、運悪く外せない日帰り出張が重なっていた。楓の誕生日の予定を空けるために前倒しで仕事をする必要があり、モヤモヤをぶつけるように仕事に没頭した。ようやくまともに家に戻れたのは、楓の誕生日の夜だった。

「田中、楓の体調が悪いと聞いたが……今どんな様子だ」

「それが、朝から何も食べていなくて……」

「私が食事を届けるよ」

――それほど体調が悪かったのか、楓、守ってやれなくて申し訳ない。

しかし、ドアを開けた先にいたのは、涙を流しながら自分の体の変化に混乱する楓だった。

発情した楓の姿を見て、やっとこの日が来たのだと胸が震えた。

体の疼(うず)きが止まらない。抑制剤など何の役にも立たなかった。どうしても自分を抑えることができない。これがアルファの発情――ラットなのだと生まれて初めて知った。

「おーい、結果が出たから入っていいか？」

山之内の大きな声が部屋の外から聞こえてきた。どうやらノックをしたらしいが、二人とも気づかなかったのだ。

山之内は冷静な表情で、ベッドに座る楓とその隣にいる桔梗に告げた。

「まぁ結果なんだけど。……楓くんはオメガだった。ベータからオメガになった理由は詳しく検査しないとわからないけど、今回の検査では、はっきり『オメガ』だと出た。これは間違いないよ」

「僕が、オメガ……」

ベッドに座ったままどこか他人事のような気持ちでぼんやりと空を見上げる。そんな楓の手を桔梗は黙って握っていた。


そのまま脈や血圧を計り、体調には問題がないということでいったん望月家に帰ることになった。

現実感がなく、ぼーっとしている楓に山之内が袋を差し出した。

「あっ、これ楓くん。これは今すぐに飲んで。二種類あるから」

「薬……」

「これがアフターピルね。まだ間に合うから飲んで。あともう一種類が抑制剤。一般的にヒートは三か月に一度、一週間程度続くけど、君はオメガになったばかりだからしばらく様子見かな。とりあえず毎日同じ時間に一錠飲むこと」

薬の説明をし終えると、絶対に週明けに病院に来てねと念を押し、山之内は部屋を出て行ってしまった。

バタンとドアが閉まる音が、静まり返った部屋に響く。

手元に残された薬を見つめる。ピンク色の薬が「お前はオメガだ」と突きつけてくるようで、楓は急にガクガクと震え出した。

「桔梗様……どうしよう……僕はこれからどうやって……」

——自分がオメガだったら抱いてもらえるかも、なんて思ったのが間違いだったのかな……

震える体を自分自身で抱きしめていると、ふと大きくて温かい手が楓の体を包んだ。

「大丈夫。大丈夫だよ、楓。私がそばにいる。……何があっても君を守るから」

その言葉を聞いて、一気に涙腺が緩む。

張りつめていた心が解れ、桔梗にしがみついてわんわんと声をあげて泣いた。子供が母親に泣きつくように——

「帰る前に、少し話をしながらドライブしようか」
楓を元気づけるためだろう、桔梗は車に乗り込むと、いつもよりワントーン明るい声で楓に話しかけた。

「あの……それなんですけど、僕は望月のお家に帰ってもいいんでしょうか」

「なんで？　君の家はあそこだろう」

「僕はオメガだったし……。それに桜子様との約束も……」

「……なぜ桜子の名前が出てくる？」

「いえ……なんでも……ありません」

楓の言葉で桔梗がハンドルをぎゅっと握りしめたのがわかった。チラッと横顔を見ると、眉間に皺を寄せている。

まずいと思ったが、時すでに遅し。桔梗が苛立っているのがわかる。

「楓、言いなさい」

俯く楓に、桔梗が冷たい声で命じる。

「……その、桔梗様にあまり関わってはいけないと……。でも！　桜子様のおっしゃることは確かで、僕は使用人なのに桔梗様に甘えすぎていました。なので……」

必死に桜子のフォローをするが、話せば話すほど桔梗の顔は固くなっていく。

――もう、何も喋らないことにしよう。

楓は話すことを諦めて俯いた。

しばらくすると、車が停まり、どこかに駐車したようだった。

顔を上げると、傾きかけた陽に照らされた森が広がっていた。どうやらここは山の頂上にある休憩スペースで、桔梗の車以外、誰もいなかった。

「君が、誕生日の誘いを断ったのも桜子に言われたから？」

「……はい」

桔梗がはあ……と大きなため息をつく。そして短めに整えられた黒髪をくしゃっと掻き上げると楓を見据えた。

「桜子のことは私がなんとかする。楓は私のそばにいればいい」

そして「こんなところで言うつもりはなかったんだけど」と呟くと、楓の両手をぎゅっと握りしめ、漆黒の瞳で楓を見つめた。

「楓、君が好きだよ。……私の番になってください」

「番……って」

「言っただろう。私たちは運命の番なんだ。帰ったら父にも報告したい」

「そ、そんなっ……だめです」

「なぜ……？」

桔梗の楓の手を握る力がぐっと強まった。

「運命って突然言われてもそんな……受け入れられなくて。自分がオメガだってことも信じられないんです」

言いながらだんだん声が小さくなっていく楓の姿を見て、桔梗はハッと我に返った。

「そうか……そうだね。確かに突然言われても難しいはずだ。あまりに嬉しすぎて舞い上がってしまったようだ……。ごめんね、楓」

桔梗の言葉に安心した楓は、ホッとした表情で桔梗を見つめた。桔梗は握っていた手を外し、楓の頬を優しく撫でると言葉を続けた。

「でもね、楓。運命とか関係なしに君のことがずっと好きだったんだよ。だから……もう今更楓を他の誰かに渡すつもりはないんだ」

「あ、あの、僕は！　僕の旦那様は、ずっとずっと……六年前から桔梗様だけです。他の人のところにはいきません！」

前のめりで反論する楓に、桔梗は困ったように笑った。

「うーん……ありがとう。その気持ちは嬉しいよ。でもね、私の言っている意味は少し違う」

「え……？」

――桔梗様……？

桔梗の言葉の意味をはかりかねて首を傾げていると、桔梗がふう、と深呼吸をする。そして楓の瞳をじっと見つめた。

「古森楓さん、あなたが好きです。絶対に私が守るから……。結婚を前提にお付き合いしてくれませんか？」

「……へ？」

驚きすぎて楓の口からは間抜けな言葉しか出てこなかった。ぽかんと口を開けたまま、傾げた首は戻らない。

「楓、大丈夫……？」

桔梗の言葉で我に返ると、楓はわなわなと震え出した。

「結婚……!?　お付き合いって……僕と桔梗様が!?　そ、そんな僕、無理です……」

「無理か……そうだよね。私をそういう対象には見られないよね。楓にとって私は雇用主でしかないのかな？」

桔梗は冗談めかしたように言うが、その目は本当に傷ついているような寂しげな色をしていて、楓はアワアワと慌てる。

桔梗にそんな顔をさせられないと、楓は意を決した。

「す、好きです！　……僕は桔梗様にお会いしてからずっと、ずっと……あなたをお慕いしてきました」

「良かった……。じゃあ楓、返事は？」

「……！　不束者（ふつつかもの）ですが……お、お願いします！」

その言葉を聞くと同時に、桔梗はきつくきつく楓を抱きしめた。

「やっと、やっと楓の心を手に入れた」

とろけるような声でそう言い、抱きしめられたまま頬ずりされる。凄く幸せだが、腕の力はどんどんと強くなり、息ができなくなってきた。

「き、きょうさま……ぐ、るじい……」

「ああ、ごめんよ」

桔梗が急いで腕を緩めてくれる。腕の中で、自然に視線が絡み合う。

「楓、キスしていい……？」

「はい、したいです……」

頬が熱くなって目を伏せると、桔梗の優しい視線をまぶたに感じる。

顎に指をかけられて目を閉じる。ゆっくりと引き寄せられ、唇が重なった。唇から伝わる桔梗の優しさに目頭がジンと熱くなる。

この幸せな時間がずっと続けばいいな、そう思いながら楓は桔梗の背中にそっと腕を回した。


こうして二人は「旦那様と使用人」という関係から「恋人」になった。

ただ楓には、それを周囲に話すのは躊躇(ためら)われた。

「桔梗様……あの、僕らのこと、誠一郎様や他の人に言うのですか……？」

帰りの車の中、不安げな表情で呟く楓。

「そのつもりだけど……不安？」

「不安というか……。僕はまだ未成年で、望月家にお世話になっている身ですし、……なにより使用人です。こんなの誠一郎様が許してくれるとは思えません……」

つい声が震えてしまった。そんな楓の右手を、桔梗の左手が優しく包み込んだ。右手でハンドルを握る桔梗の横顔は、考え込んでいるように見える。

「確かに、すぐにいい返事は貰えないだろうね。……それなら、楓が二十歳になるまで待つことにするよ。だけど、それが私の譲れる最終ライン。本当は、今すぐにでも結婚して番になりたいくらいなんだ」

「桔梗様……」

「大丈夫、絶対に私が守るから」

「はいっ……！」

ちょうど車が信号で止まった瞬間、桔梗は握っていた楓の左手をくいっと引っ張り、手の甲にチュッとキスを落とした。

「今度はちゃんとプロポーズするから待っててね」

「は、はい……」

——僕、本当に桔梗様の恋人になっちゃったんだ……

桔梗が甘いセリフを口にするたびに、楓の頬も赤くなっていった。


「楓は数日前から体調不良で、たまたま部屋を訪れた私が動けなくなっている楓を発見して、しょうがなく私が病院まで連れて行った。……ってことでいいの？」

「は、はい！」

「貧血と過労が重なっただけで、今日一日休めば問題ない。……で合ってた？」

「そうです……ごめんなさい桔梗様。話を合わせてもらって」

自宅の駐車場。車の中で、楓と桔梗は言い訳の打ち合わせをしていた。これから楓は執事の田中に休んだ理由を言いに行かなければならないからだ。

――間違っても、「オメガになってヒート中でした」なんてバレてはいけない。特に誠一郎様と桜子様には……！

楓を快く思っていない二人にはバレたくない、と焦っていたのだ。

「いや、いいよ。楓が二十歳になるまで秘密にしておかないとね。……楓、不安なことや辛いことがあったら真っ先に私に言うんだよ。……私は楓の恋人なんだから」

「……ありがとうございます」

いつも優しい桔梗の言葉にホッとする。

「愛しい楓、あと一年間か……来年の誕生日が待ち遠しいな……」

楓はまた頬を赤らめて、ぺこっと頭を下げ、辺りを見回しながら裏口へ走った。

「古森くん、本当に大丈夫なんですか？」

「はい、もうなんとも！　……あっでも、念のため明日病院に来るよう言われていて……。明日午後から病院に行ってきてもいいですか？」

「それは全然構いませんが……無理はしないでくださいね」

日曜日。執事の田中が心配する中、楓は朝から仕事に精を出していた。

確かに、屋敷や庭の掃除、靴磨きまでこなす様子は、昨日倒れて病院に運ばれた人間の働きぶりではないかもしれない。けど、やっと桔梗と心を通わせられたという喜びで、楓の心はどこまでも軽かった。

——そういえば、ヒートって一週間くらい続くんだよね。なのに僕がヒートになったのってあの一日だけだったなあ。……どうしてだろう？

固く絞った雑巾で窓を拭きながら、ふと楓は気になった。なぜ一週間続くはずのヒートがもう終わっているのか。たった一度、桔梗に抱かれたことに関係があるのか……？

「まぁ、明日聞けばいっか」

「なにがいいの？」

独り言に答えが返ってきて、楓は雑巾を落としかけた。

振り向くと、右手にバケツ、左手にゴミ袋を持った美知子が立っていた。

「み、美知子さん！」

「楓、あんた昨日凄い顔色悪かったけど本当に大丈夫なの？　そんで桔梗様と部屋から出てくるし、びっくりしたんだけど……」

「あ……本当にもう大丈夫です。ご心配おかけしました。桔梗様は本当にたまたまのことで……」

——そういえば、美知子さんに見られてたんだった。

嘘をつくことに慣れていない楓は、目線をキョロキョロさせながらぎゅっと雑巾を握りしめた。

「ふーん……そうなんだ。まあ楓が元気ならいいんだけど。……それよりあんた、今日桜子様の部屋の近くに行っちゃだめだからね！」

「えっ……どうしてですか？」

「いや、実はね……」

美知子はバケツとゴミ袋を床に置くと、楓の近くに寄り、耳元で話し始めた。

「どうやらさっき、桔梗様が来てたみたいなのよ、桜子様の部屋に。私が呼ばれた時には既に惨劇の後だったけど……かなり泣き喚(わめ)いて暴れたみたいで。今、桜子様付きのメイドがそばにいるって」

「そ、そうなんですか……それでバケツとゴミ袋」

そういうこと、と苦笑いする美知子に、楓は引きつった笑みしか返せなかった。

「ふう、なんだか長い一週間だったな……」

一日の仕事が終わり部屋に戻る。楓はうんと伸びをすると、疲れた体をベッドの上に投げ出した。

「そうだ、薬を飲まないと」

山之内に貰った抑制剤を飲もうと、楓はポーチを取り出し、ピンク色の錠剤を手に取った。

ペットボトルの蓋を開け水と一緒に錠剤を飲むと、ちょうど目線の先、カーテンの隙間から綺麗な満月がちらりと見えた。

窓に近寄り、カーテンごと窓をあけると、びゅうっと少し寒いくらいの風が楓の体を包み込む。

「わっ綺麗な月。でもちょっと寒いなあ……」

冷たい風に思わず身震いし、急いで窓を閉めようとしたとき、ちょうど真後ろ、扉のほうから愛しい人の声が聴こえてきた。

「楓、風が冷たいよ。早く閉めないと風邪をひいてしまうよ」

そこにはドアにもたれながら、愛しそうに楓を見つめる桔梗が立っていた。

「桔梗様っ……！」

「しー……夜も遅いからね」

仕事帰りだろうか、スーツ姿の桔梗が人差し指を口元に当て、部屋の中に入ってきた。そっと楓のいる窓際に近づく。

桔梗の匂いがふわっと香る。そのシトラスのような爽やかな香りを吸い込む。

「桔梗様……いい香り」

思わず口に出てしまい、慌てて両手で口を塞いだものの、楓の言葉はしっかりと桔梗の耳に届いていた。

「匂い……？」

「……はい、桔梗様からよくシトラスのような爽やかな香りがするので。香水ですか？……僕、この香り好きです」

「香水はつけていないよ。シャンプーの香りでもないし。……それは私の香りかな」

「これが、桔梗様のアルファの香り……」

まるで甘い蜜に吸い寄せられるように桔梗の首元へ近づき、香りを堪能していると、クスクスと笑い声が聴こえた。

「そんなにいい……？　私も楓の香りを嗅ぎたいな」

「あぁ！　すみません、つい……」

恥ずかしくなって慌てて距離を取るが、力強い桔梗の腕に囚われ、逃げることができなかった。

「怒ってないよ。ついつい可愛くてね。……ほら、逃げないで」

そうして、しばらくの間桔梗の腕の中で爽やかな香りと優しい温もりに癒されていた楓だったが、ふと桔梗がここに来た理由を聞いていないことに気づいた。

「あの、そういえば、桔梗様どうしてここに……？」

「やっと聞いてくれたね。……これ、楓の誕生日プレゼント。まだ渡せてなかったから」

そう言いながら、桔梗はジャケットの内ポケットから黒の小さい箱を取り出した。

「桔梗様、これ……」

「ネックレス。いろいろ悩んだんだが……身につけるものを一つくらいはプレゼントさせてくれ」

ベルベットの小箱を開けると、そこには蕾（つぼみ）から花開く三つの桔梗の花をモチーフにしたネックレスがキラキラと輝いていた。

「わあっ……綺麗……こんな綺麗なもの、僕に……いいんですか」

「楓に貰ってほしくて渡しているんだよ。こんなの独占欲の塊みたいだけど……ネックレスなら服の下に着けられるだろう？　……ずっと着けててほしいんだ」

いつも穏やかで冷静な桔梗が、恥ずかしそうに頬を染めながら楓をじっと見つめる。

――こんな桔梗様、見たことないっ……！

楓は嬉しくなり、ネックレスを両手で受け取ると、宝物を扱うような丁寧な手つきで首に着けた。

「ありがとうございます、桔梗様。……僕幸せです。桔梗様がずっと近くにいるみたい」

モチーフになっている桔梗の花をそっと握りしめると、楓の頬に自然に笑みが浮かぶ。

「楓……キスしていい？」

「……はい」

背中に桔梗の手を感じながら、そっと目を閉じる。

次の瞬間、柔らかくて少し薄い唇が楓の唇を覆う。

——桔梗様、大好きです……

満月が見守る中、二人は幾度となく甘い口づけを交わした。

「えっと……『今から病院に行ってきます。終わったら連絡しますね。楓より』っと。これでよし」
夕方に二時間の休憩をとった楓は、歩きながら桔梗にメッセージを送る。
本当はもう連絡を取ってはいけないはずだったが、桔梗に「気にしないでいいから。今まで通り連絡するように」と言われてから、一日に一回は連絡するようになった。
「ここが山之内総合病院……」

携帯の地図アプリを頼りに歩くこと駅から十五分、地図アプリの「目的地に着きました」の音声とともに顔を上げると、大きな病院がそびえていた。

中は清潔感のある白を基調とした内装に、椅子は全て黒の革張りのゆったりとしたソファ。まるで高級ホテルのエントランスのようだ。

肩にかけたバッグをぎゅっと握りしめ、恐る恐る受付に行くと、綺麗な女性がにこやかに迎えてくれる。

「こんにちは。こちらは初めてですか？」

「あっはい……ええと、ここに来るのは初めてなんですが、山之内明彦先生に診察に来るよう言われていて……」

「山之内ですか……確認しますね。保険証はお持ちですか？」

楓が財布の中から保険証を取り出すと、女性はそれを受け取り、どこかに電話をかけ始めた。

一体どのくらい経っただろう。時間としては十五分かそこらなのだろうが、慣れない場所で待っている楓にとって、革張りのソファに座っているその時間はとても長く感じた。勉強でもしようかな、とバッグから問題集を取り出そうとした瞬間、聞き覚えのある大声がエントランスに響いた。

「やあ、楓くん！　お待たせしました！」

「わっ、山之内先生！　びっくりしました……」

「ははは、驚かせてしまってごめんね。今日は来てくれてありがとう！　さっ、早速診察室に行こうか！」

山之内は楓のショルダーバッグを取り上げると、さっさと先に行ってしまった。

慌てて追いかけたが山之内の足は速く、追いついた時にはすでに診察室の前だった。

「山之内先生、鞄すみません。あの……『第二性別科』ですか？」

目の前の診察室の扉には『第二性別科　医師・山之内明彦』の札が掛けてある。

「そっ！　俺はここの第二性別科の医者なんだ。第二性別科は大きい病院にしかなくてね。大半はオメガの人を診察するけど、時々はアルファの人も診察するよ」

そう説明すると、山之内は楓にバッグを渡し、診察室の戸を開け中に入っていった。

楓も続いて中に入ると、患者用の黒い椅子に座るよう促された。

「さて、まず精密検査の結果なんだけどね。君の血液にはベータの要素もあったんだよ」

「ベータの要素ですか？　あの、僕の親は二人ともベータでした」

「そうか……君の家系にオメガの人はいるかい？」

「えっと……すみません、あの、僕にはもう身内がいなくて……」

楓が申し訳なさそうに呟くと、山之内はうーんと呟きながらカルテを眺めた。

「謝らないで。……うんと、可能性としてはね、君の血縁関係にオメガの人がいた可能性が高い。最初ベータとして診断されたのは、ベータの要素がオメガの要素を上回っていた、てこと」

「そんなことあるんですか？」

「誤診は稀（まれ）にあるからね。……まあでも、十八歳で急にヒートを起こしたっていうのは聞いたことがないな」

楓は山之内の『急にヒートを起こした』という言葉を聞いて、昨日から抱いていた疑問をぶつけた。

「ヒートって……急に終わったりするんですか？」

「えっ、なんで？」

「そのヒートを起こした日に、桔梗様と……そういう、こと……したんですけど。それっきりヒートの症状がないんです……。あっ薬はちゃんと飲んでます」

「それ本当？　……性衝動に駆られたり、下半身が疼（うず）くことは？」

「な、ないです……。もう穏やかなくらいで……」

山之内は目を大きく見開いた後、楓の肩を叩きながらよかったよかったと笑い出した。

「それは奇跡だなあ！　君と桔梗は運命の番ってことだ！　そうか、番に出会ったから、君の中のオメガの傾向が徐々に引き出されて、ベータの要素を上回ったのかもね」

「運命の番……。それ、桔梗様も言ってて」

「あぁ、俺はベータだからそういう感覚はわからないけど、出会った瞬間にわかるって話だよ。もしかしたら桔梗は、君と出会った時からわかっていたのかもね」

「僕、嬉しいです……！　本当に桔梗様と運命の番だったんだ……」

楓は顔を赤くし、幸せそうに微笑んだ。自分が好きだった人に好きだと思ってもらえて、その上二人は『運命の番』だと証明されたのだ。嬉しくて頬が緩む。

「そうそれね、発情期の話なんだけど、一般的にオメガのヒートを落ち着かせるにはアルファの体液が一番なんだよ。って言っても、番じゃないカップルだと一時的にしか効かなくてね。番同士ならだいぶ楽になるんだ。そして運命の番が一番相性が良くて、君たちみたいに一晩でも交わればヒートは落ち着く」

「だから……」

「そう。一日で落ち着いたのはそういう理由。抑制剤で周期はコントロールできるから、ヒートがきたと思ったらすぐに桔梗に言いなさいよ」

そう言いながら、山之内はパソコンに何かを打ち込んでいる。他に質問ある？　と聞かれ、特にないですと答えると、問題ないなら今の薬でいいね、と追加の抑制剤を処方された。

「ストレスとか体の不調が原因で効きが悪くなることがあるから、おかしいなと思ったら連絡してね」

「はい。山之内先生、ありがとうございました」

そのままペコリと頭を下げ、診察室の扉を開ける。

受付まで歩き、自分の支払いが呼ばれるまで待っていると、楓の好きなシトラスの香りが漂ってきた。

パッと顔を上げ辺りを見渡すと、そこには自分のほうへ走ってくる桔梗の姿があった。

「桔梗様、あの、どうして」

「楓、遅くなってごめん。診察には間に合わなかったかな」

よく見ると桔梗の頬には汗がつたい、心なしか息が乱れている。

「あっはい……。でも大丈夫でした！　何も問題ないと。……桔梗様、来てくださって嬉しいです」

「そんな、当然のことだよ。詳しくは車の中で聞くから、家まで送るね」

受付から楓の名を呼ぶアナウンスが流れると、桔梗は「じゃあ楓はここで待ってて」と告げ、さっさと会計に行ってしまった。

――桔梗様、僕なんかのために急いで来てくれたんだ……僕、幸せ者だ……。

楓は診察代を払おうと財布を出したが、桔梗は受け取ってくれなかった。

「君は私の番になるんだから、自分のために使ったお金と同じだよ」

そう言われ、それどころか迷っている楓の手を掴むと「さあ行くよ」と、速足で歩き出してしまった。

「山之内先輩はなんて言ってた？」

「あっはい……」

帰りの車の中、楓は山之内に診てもらった結果を桔梗に話した。

自分にはベータの要素があったこと、桔梗に出逢ったことでオメガの要素がベータの要素を上回ったこと、自分と桔梗は運命の番だということ。

「あと、ヒートになったら……桔梗様にすぐ言うようにと……」

「あー……楓、それどういう意味かわかってる？」

苦笑いしながら桔梗が言うので、楓は顔を赤くしながら無言でコクンと頷いた。さすがにその意味がわからない年齢ではない。
ちょうど赤信号になり車が止まる。

「楓、私と君は恋人で、君のことが好きなんだ。楓がヒートで辛い時はもちろん、それ以外でも君を抱きたいと思ってるよ」

桔梗の言葉はいつもストレートで、照れる時もあるが、それ以上に安心と幸せをくれる。

「僕もです……。桔梗様以外に触られたくないです」

青信号になる直前、二人の唇が一瞬重なった。

「桔梗様、送ってくださって、ありがとうございました」

「いや、こんなところですまない。近いといっても、この時期の夕方はもう暗い。気をつけるんだよ」

まだ周囲には二人の関係を隠しているため、家の近くの人通りの少ない路地で車を降りた。

楓のために仕事を抜けてきた桔梗は、今からまた会社に戻らなければならない。

桔梗は心配そうに眉間に皺（しわ）を寄せながら、何かあったらすぐ連絡して、と言う。車から降りた楓に手を振ると、桔梗の車はもと来た道を戻って行った。

車が見えなくなるまで小さく手を振り見届けると、辺りを見回し、人がいないか確認した。

――誰にも見られていないよね……。こんなところを見られたら、桔梗様に迷惑をかけてしまう。

運よく犬の散歩中の人や、若い学生が通りかかっただけで、知り合いとは会わなかった。

ほっとした楓は、ひゅうと北風が吹く中、急いで屋敷に向かった。

裏口から部屋に戻ると、急いで使用人の制服に着替えた。冷たい北風に当たった後の指先は赤くなり、じんじんと震えている。その覚束ない指先でなんとか着替えを終える。

「遅れてすみません！　今帰りました」

厨房に入ると、そこには料理人の田浦と美知子がいた。

「お帰り、楓。あんた病院行ってきたんでしょ？　大丈夫なの？」

「はい、ご心配おかけしました。もう大丈夫だそうです！　今日からバリバリ働きますね」

「それよりお前、ちゃんと食え。前より痩せてんじゃねえか。……ほら、今日の賄い。もうお前の分も用意してあるから、先に美知子と一緒に食ってこい」

フライパンからジュージューと気持ちのいい音と匂いをさせながら、ぶっきらぼうに田浦は言った。田浦は言い方は荒っぽいが、心根はとても優しくて、家族のいない楓のことをいつも心配してくれる温かい人なのだ。

「田浦さん、ありがとうございます。じゃあ、お言葉に甘えて先にいただいちゃいます」

にこっと微笑みながら田浦が用意してくれたお盆を手に取ると、残すんじゃねえぞ、という愛想のない声が聞こえた。もちろんです！　と田浦を振り向くと、声とは反対にどこか嬉しそうにしている田浦の姿があった。

この日は美知子と夕ご飯を食べた後、厨房の片付け、屋敷中の施錠の確認、そして最後に集めたゴミをゴミ袋に入れた。敷地内のゴミ捨て場に置きに行けば、今日の仕事は終わりだ。

「ふう〜疲れた……」

「お疲れ様です、美知子さん。あとはゴミ置き場に置いてくるだけなんで、僕だけでも大丈夫です」

「えっいいよ。一緒に行こうよ、一人で大変じゃん」

「美知子さんは通いだし、もう暗いから早く帰った方がいいです！　……ほら、僕チビだけど一応男だし！　これくらい大丈夫ですよ」

「……そう？　なら、お願いするわね」

申し訳なさそうにする美知子に、任せてください！　と元気に答える。そのまま右手に二つ、左手に一つゴミ袋を抱え、ゴミ置き場まで走った。

時刻は二十一時。コートも着ないまま外に出た楓は、ぶるっと肩を震わせた。

ゴミ置き場に着き、数段の階段を上がって扉の南京錠を外し、大きなゴミ袋をよいしょ、と投げ入れる。

南京錠のカギを元通りにカチッとはめた、その時だった。

――ドンッ！

強い衝撃と共に、自分の体が浮き上がる。気がつくと地面に倒れていた。

背中の痛みと驚きで目がチカチカする。何が起こったのかわからない――

楓は暗闇に目を慣らそうと何度も瞬きをする。ゆらり、と何かが動く。そこには黒く長い髪の女性が立っていた。

「さ、桜子、様……」

「楓。私が何を言いたいのかわかっているでしょ」

「桜子様、あの……」

「あんた、どういうことなのよ！」

桜子は倒れている楓に馬乗りになると、思い切り髪を掴んだ。

引っ張られた痛みで思わず顔が歪む。

「お兄様に告げ口したんでしょ！　……お兄様が『あの携帯をプレゼントしたのは自分だから、余計な口出しするな』って言ってきたのよ！」

楓の髪を引っ張りながら叫ぶ桜子の目には涙が溢れている。

ホテルからの帰りに車の中で桔梗と話をしたことを思い出した。

――僕がうっかり口を滑らせたせいで……

楓は、わざとではないにしても結果として告げ口になってしまったことを後悔していた。

「桜子様、話を、話を聞いてください……！」

「何を聞けって言うのよ。……それに私、見たのよ！　今日あんたがお兄様の車から降りてくるところを！　どれだけ私を侮辱するつもり⁉」

そう言うと、髪が引きちぎれそうなほど強い力で楓の頭を持ち上げ、左手で楓の頬を思い切り引っ叩いた。

——その時だ。叩かれた衝撃で、楓のズボンの右ポケットから薬が落ちた。

山之内が処方してくれた緊急抑制剤だ。『ヒートが初めて起きたばかりの時期は周期が安定しないこともあるから常に持っておくように』と言われ、こっそり忍ばせておいたものだった。

「あんた、この薬……」

桜子は薬を勝手に拾い上げ、まじまじと眺めた。

「そ、それは……ただのビタミン剤で」

なんとか取り返そうど手を伸ばしたが、背の高い桜子に押さえつけられているのでなかなか届かない。

そうこうしているうちに桜子は乱暴に楓の上から降り、長い脚で楓の右ふくらはぎを何度も強く踏みつけた。

「いっ痛い……」

靴のかかとが食い込み、あまりの痛さにもだえる。

叩かれた右頬や掴まれた頭が痛くてしょうがない。

涙で滲んだ目で見上げると、馬鹿にしたように笑う桜子と目が合った。

「私もアルファなのよ。この薬がなんなのかぐらいわかってるわ。……あんたオメガだったのね。

この嘘つき」

「うそ、つき……」

「そうよ。このことはお父様に言うから。……嘘つきなオメガって最低ね」

そう言い残すと、楓の目の前で薬を足で踏みつけ、屋敷に戻って行った。

一体どのくらい時間が経ったんだろう。桜子が屋敷に戻るのをぼんやり眺めた後、とりあえず自分も部屋に戻らなくてはと、立ち上がろうとした。

「っ――！」

声にならないほどの激痛が走る。曲げるだけで痛みが響き、一歩ずつ進むたび右足の筋肉が引きちぎられるように痛んだ。初めは足を引きずって歩いていたが、最後は這いつくばるような恰好でしか進むことができなかった。

「一番近い部屋でよかった……」

なんとか部屋までたどり着くと、よろよろと扉にもたれかかった。

カーテンを開けっぱなしにしていた窓に自分の顔が映る。それを見て愕然とした。

「なに、これ……」

右頬は真っ赤に腫れあがり、左の額には血がついていた。おそらく桜子の綺麗に手入れされた爪が当たったのだろう。

右ふくらはぎは相変わらず痛みが酷く、もう立ち上がることさえできない。

「もう疲れたな……全部夢だったらいいのに……」

楓はポロポロ涙をこぼしながら、痛みと疲労の中、そのまま眠りについた。


明け方、まだ日が昇る前に、体の痛みで目が覚めた。

座ったまま寝てしまったからか、足だけでなく体全体が酷く痛む。

「痛いなあ……でもとりあえずお風呂に入らないと。今ならまだ誰もいないよね」

ドアに手をつき、体を持ち上げる。

右ふくらはぎは昨日と変わらず痛み続けているが、他の使用人が働き始めるまで時間がない。なんとか右足を引きずりながら歩みを進める。

二歩進んでは少し休憩して、また二歩進む……そうやって使用人が使えるお風呂場に辿り着いた時だった。

「古森くん……？」

後ろから聞き慣れた声がする。振り向くと、執事の田中が驚いた顔をして立っていた。

「古森くん、一体どうしたんですか、酷い怪我ですよ。……足、痛むんですか？」

「あ、えっと……昨日階段から落ちてしまって」

昨日の出来事を知られたくなくて、咄嗟に嘘をついてしまった。バレないよう、腫れているであろう右頬を隠すように俯くと、田中はゆっくりと近づき、楓の顔を覗き込んだ。

「顔、腫れていますね。……本当に階段から落ちたんですか」

「えっと、その……」

まるで疑うような視線に、思わず目をそらしてしまった。

今何か話すと、余計なことを言ってしまいそうで言葉を濁していると、田中は、はぁ……とため息をこぼし、楓の腕を自分の肩に回した。

「田中さん……!?」

「足を怪我しているんでしょう。本当は先に病院に行くべきでしょうが、あなたは今、泥だらけですからね。……私が手伝いますから、まず汚れを取りましょう」

病院に行くのはそれからです、と言うと、ヨタヨタ歩く楓を支えた。

田中が手伝ってくれたおかげで、足は変わらず痛むものの、なんとか服を脱ぎ、お風呂場の洗い場に座ることができた。

「田中さん、すみません。忙しい時に手を煩わせてしまって……足曲げられなくて、こんな格好なのもすみません」

申し訳なくて、ひたすら頭を下げる。田中は「気にしないで」と冷静な声で言い、タオルを持って洗い場に入ってきた。

足を曲げることができず、お風呂場にある椅子に座れなかった楓は、両足を伸ばしたままペタンと洗い場に座る。

「右足、大きな内出血になっていますね……。それに背中にも痣ができています。痛かったでしょう」

——どうりで全身が痛いはずだ。

ぼんやりと頭の中で考える。温かいお湯で濡らしたタオルで優しく拭いてくれる田中の手が嬉しくて、心細かったこともあり、涙が出そうになるのをぎゅっと唇を噛んで我慢した。

「さあ、ある程度汚れが取れたから出ましょうか」

田中に支えられて、なんとか立ち上がる。

「それから、今日は仕事はお休みしてください。九時ごろになったら私も時間ができますから、一緒に病院へ行きましょう。部屋まで送りますから、それまで休んでいてください」

「あの、いいんですか。そんなにお世話になってしまって……」

「頼ってください。私たちは仲間でしょう」

そう言った田中は、全てを察しているように、どこか悲しそうに微笑んでいた。


「下腿部挫傷、いわゆる肉離れっていうやつですね。君、顔も腫れてるし、他にも怪我してるけど……格闘技かなんかしてるの？」

田中に連れてきてもらった病院で、医師にそう告げられた。

「肉離れ……ですか。格闘技はしてません。あの、階段から落ちてしまって」

「階段からねぇ……」

医者は訝(いぶか)しげにじっと楓の顔を見つめた後、ＭＲＩの画像をペンで指して説明し始めた。

「これ、君のふくらはぎね。ほら、ここ白くなってるでしょ？　これが筋膜が断裂してるところ。あと、怪我した後すぐアイシングしなかったでしょう。これは痛みが酷いはずだよ」

「はぁ……あの、これどのくらいで治りますか」

「全治二か月ってとこだね。リハビリ通ってもらって、それ以外は無理しないで過ごすことだね。走ったり、跳んだりするのも今はだめ」

「えっそんな！　僕、働いてるんです」

「動くような仕事は今はしないで。あっお父さん、リハビリが必要になるから、病院にはしばらく送り迎えしてあげてください」

楓の右後ろで診察に付き添ってくれている田中に医者が話しかけた。

「先生、私は彼の父親ではありません。彼はまだ若いですが、両親が亡くなっているので、住み込みで働いています。私はその仕事場の上司です。……先生、無理な話かもしれませんが、足の状態がよくなるまで入院、ということはできませんでしょうか」

そう言いながら、田中はジャケットの内側から名刺入れを取り出し、その中の一枚をそっと医者に差し出した。

医者は受け取った名刺を見ると、明らかに驚いた顔をした。そして、近くにいた看護師に耳打ちをすると、急に笑顔になり、慇懃（いんぎん）な物腰で楓に話しかけてきた。

「そういうことなら、入院したほうがいいでしょう。ここにはリハビリ施設もありますしね。古森さん、入院の手続きなど詳しい話が事務のほうからありますから、一旦廊下でお待ちください」

急な展開に頭が追いつかず、楓が何も言えないでいると、あっという間に廊下に追い出されてしまった。

診察室の扉がピシャリと閉じる音で我に返る。

――ど、どうしよう……！

隣にいた田中に、すがるように泣きついた。

「田中さんっ、急に入院って……僕にはそんなお金もないし。あの、足ならなんとかしますから！」

「古森くん、仕事で階段から落ちたなら労災です。治療費や入院費は心配いりません。……今、あなたはしっかり足を治すことが大切です。無理して働くことが重要ではないのですよ」

「そんな……それに、みんなに迷惑をかけちゃいますし……」

「望月の仕事は私がなんとかします。もちろん古森くんは大きな戦力ですが、どんな時でも職場を滞りなく回していくのが私の仕事です。だから治療を受けて、リハビリに通って早く治してください。……これは上司命令ですよ」

田中は楓に、いつものように淡々とした口調で話す。だけどその言葉選びは、楓に気を遣わせないように気を配ってくれていた。楓のことを心配してくれている温かさが、まるでもう今はいない父親のような感じがして……気がつくと、首を縦に振っていた。

楓が頷いたのを確認すると、田中はほっとした表情になり、持っていた鞄を持ち直した。

「では、私は今からあなたの荷物を取りに行ってきます。服、歯ブラシ、タオルにシャンプーやボディソープ、コップ、それから貴重品も必要ですね。あと何か必要なものはありますか？」

「あっ、刺繍のセットもお願いします。それから英語のテキストも……」

病院から渡された必需品のリストを読み上げる田中に、楓は要望を伝えた。ここしばらく、自分のヒートや病院通いで、なかなか趣味の刺繍ができていなかった。どうせ時間ができるなら、桔梗に刺繍の贈り物をしたいと思ったのだ。

「わかりました。お薬手帳も必要なんですが、貴重品と同じところですか？」

薬、という言葉を聞いて楓はハッとした。昨夜は痛みで座り込んで寝てしまったから、昨日の分の抑制剤を飲んでいなかったのだ。ヒートの期間でなければ半日ずれるくらいは問題はないそうなのだが、丸一日以上飲まないと効果がなくなってしまうと説明書きに書かれていた。

「あの、田中さん……」

「はい？」

――もうどうせ、桜子様にバレているんだ。屋敷のみんなにバレるのも時間の問題……。それより薬を飲まない方がダメだ。

楓は覚悟を決め、両手の拳をぎゅっと握りしめた。

「お薬手帳は貴重品のところです。それと同じところに薬もあるので、それも持ってきてください。なるべく早く」

「薬、ですか。……何か病気なんですか」

「抑制剤なんです……。僕、オメガなので」

「オメガとは、古森くんが？」

「はい……」

田中は一瞬驚いたような顔をしたが、すぐにいつもの冷静な表情に戻った。

「そうですか、ならすぐ必要ですね。今から取りに行きますが、他に必要な物を思い出したら携帯に連絡してください」

それでは、と言うと田中は何事もなかったように帰っていった。

——あれ？　もっと軽蔑されたり、嘘つきと罵られるかと思ったのに……

ぽかんとしてしまった。


しばらくその場に立ち尽くしていると、「古森楓さん、いらっしゃいますか〜？」と自分を探す女性の声が聞こえた。

「はい、ここにいます！」

「古森さんですか？　事務の上田です。今回、入院の手続きということで、少しお時間よろしいですか？」

上田の手にはいくつかの書類がある。きっと入院に関する書類だろう。

楓がその手をじっと見ているのに気づいたのか、上田は微笑みながら手の中の書類を見せてくれた。

「これ、たくさんあるように見えるけど、ほとんどが病院の案内とか説明書類だから！　病室に案内してから説明するからね」

まだ二十代前半のようにも見える彼女の元気な声と屈託のない笑みは、楓の心の強張りをほぐすのに十分だった。

「はい、ここが病室！　一人部屋だから、消灯時間さえ守ってくれれば電話もテレビもし放題だよ」

車椅子で案内された部屋は大きな個室で、屋敷にある自分の部屋よりも遥かに大きかった。

「あの、何かの間違いでは。個室なんて、そんな……」

「先生に個室でお願いされてるし、大丈夫よ。それにあなたオメガなんでしょ？」

「なんでそれを……」

田中の手前、問診票にはあえて書かなかったし、自分を診てくれた医者にも言っていない。

「あなたに付き添ってくれた上司の方が、帰り際に教えてくれてね。病院側としてもオメガの患者さんにはオメガ専用の個室に入ってもらってるの。その……何かあってからじゃ遅いからね？」

少し困ったように笑う上田の表情で、彼女が言った意味を理解した。

——急にヒートが起きたら、迷惑かけちゃうもんね。

「お気遣いありがとうございます。上田さん、その、よろしくお願いします」

車椅子に乗りながら精一杯頭を下げると、ふふふ、と笑い声が聞こえてきた。

「こちらこそ、私は事務だから治療のこととかはわからないけど、いつでも話し相手になるからね。私もオメガだから、そういう相談も聞くよ」

「そうなんですか！　嬉しいです。僕オメガの人と話すの初めてで」

嬉しくなり、つい声色が明るくなる。

すっかり仲良くなった二人は、まるで友達のように雑談をしながら入院手続きを進めた。

「印鑑はさっきの人が持ってきてくれるのね。じゃあ、また夕方取りに来るから、それまでに記入しておいてくださいね」

「はい、わかりました」

上田は、にこにこと微笑みながら、じゃあね、と言い病室を出ていった。

バタン、とドアが閉まると同時に、ふう……と深いため息を一つ吐く。

「そういえば、携帯切りっぱなしだった……」

切りっぱなしにしていた携帯の電源をつける。電源ボタンを長押しすると、黒い画面からぱっと待受画面に切り替わる。待受の画像は入学式に撮影した桔梗とのツーショットの写真だ。

楓はその画面をみると、ぎょっと驚いた。

〝不在着信　二十件〟

〝留守番電話　十件〟

そう表示されていたからだ。

「えっ！　なにこれ」

楓が留守番電話を再生しようとした瞬間、ピリリリリ……と携帯の着信音が鳴り響いた。

着信画面には〝桔梗様〟の文字。楓は急いで電話を取った。

「もしもし、楓です！」

『楓！　田中から聞いたぞ。朝から君を見ないと思っていたが……なぜ言わなかった』

いつも穏やかな桔梗の声はいつになく厳しく、電話越しでもピリピリしているのが伝わってくる。

「あ……ごめんなさい。その……」

『……いや、いい。こちらこそきつい言い方をしてすまなかった。心配で……。それより体は大丈夫なの？』

「はい、足は少し動かしにくいですけど、体はもうピンピンです！」

心配させまいと明るく話しかけたつもりだったが、電話越しに、はぁ……と深いため息が聞こえてきた。

『大切な恋人の怪我を知らなかった自分に腹が立つ。楓、次からは絶対に私に真っ先に言って』

「はい……桔梗様、ごめんなさい」

『わかってくれたならもういいよ、……さあ楓、病室を開けてくれないか』

楓は携帯を持ったまま、ドアの方を振り向いた。

病室の扉のすりガラス部分に、背の高い男性のシルエットが映っている。

楓は急いで慣れない車椅子を漕いで扉に近づくと、ドアノブを回した。するとそこには愛しい恋人の姿があった。

「桔梗様、どうして……」

「そんなの楓が心配だったからに決まっているだろう」

桔梗の額には汗がにじみ、いつも綺麗に整えられている髪も風を切ったように乱れている。手には楓のボストンバッグが握られている。おそらく田中が用意してくれたものが入っているのだろう。どれだけ急いで来てくれたのか……

「楓、中に入らせてくれる？　少し話がしたい」

心配するような優しい声色で、楓の頭をそっと撫でる。

その心地よさにうっとりし、「はい」と答えると、桔梗はボストンバッグを持ったまま車椅子に座っている楓の脇と膝の裏に腕を通し、そのまま体を持ち上げた。

「ひゃあっ！」

「しがみついてて、ベッドに降ろすから」

そう言うと、楓を抱えたまま部屋の中に入り、優しくベッドに降ろしてくれた。

「桔梗様、ありがとうございます」

「お礼を言われるようなことは何もしてないよ。……それにしても酷い怪我だ。足だけじゃなくて顔まで……」

楓の右頬は腫れているだけでなく、青紫色に内出血していた。

「あの、見た目より痛みは酷くないんです。二週間くらいしたら元通りになるみたいですし……。本当、僕おっちょこちょいですよね」

「……楓、田中が言っていたことは本当なのか。本当に階段から落ちて怪我をしたのか？」

ベッドに座る楓の手をぎゅっと握りしめた桔梗の漆黒の瞳が、心配そうに見つめてくる。

「お願いだ、教えてくれ。私にはその傷が階段から落ちた怪我には見えないんだ」

何も言えないでいる楓の言葉を真剣に待つ桔梗の姿に、楓はもう隠し通すことができなかった。

——桜子様には悪いけど、桔梗様に秘密にしておくことなんてできない……

「違います、階段から……落ちていません……」

楓の瞳からポロポロと涙がこぼれる。

「桜子様に、バレてしまいました。抑制剤を見られて。僕がオメガだってこと……それで」

「桜子なんだな」

涙でぼやけた目で顔を上げると、そこには額に青筋が浮き出るほど強い怒りに震えている桔梗の姿があった。

「君にこんなことをしたのは桜子なんだな」

今まで見たことのないほどの激情をほとばしらせる桔梗。楓はただ頷くことしかできなかった。

「いくら実の妹でも許すことはできない。よりによって私の一番大切な人を傷つけた」

桔梗は握りしめていた楓の手を離すと、ゆっくりと立ち上がった。

「桔梗様……」

「楓が二十歳になるまで秘密にする約束だったが、もう我慢できない。……今日、仕事が終わったら、私たちのことを父に言う」

「そんな、絶対許してくれません！」

「だとしてもだ。許してくれないならそれまで。私が望月の家を出るだけだ」

怒気を含んだ声でそう言うと、桔梗は宝物を扱うように楓の顔を撫でた。

「楓は何も心配しなくていい。私は今から仕事に行ってくるよ。……また明日来るから、君は怪我が治るように治療に専念してくれ」

「はい……いってらっしゃい桔梗様。あの、明日待ってます！」

桔梗は楓の頬に軽くキスをすると、それじゃあ、と手を振り、病室を出て行った。

それからは、病室に来た看護師に病院着に着替えさせてもらったり、書類を受け取りに来た上田と雑談したりと、穏やかな時間を過ごした。

夜が訪れ、消灯時間になる。部屋は暗くなり、カーテンの隙間から覗く月あかりだけが病室を照らしていた。

ベッドに寝ころびながら月を眺めていると、屋敷の自室で桔梗とキスをした日のことを思い出す。

――桔梗様、今頃誠一郎様とお話をしているのかな……

桔梗のことを想うと心細くなり、胸がきゅっとなる。

自分はただ桔梗を信じて明日を待てばいい、わかっているのに、何もできない自分が役立たずのように思えて苦しくなる。

そんな気持ちを打ち消すように掛布団を頭のてっぺんまでかぶると、ぎゅっと目を瞑(つむ)った。

――早く明日になりますように。

そう願いながら、楓はなかなか寝つけない夜を過ごすのだった。

翌朝、楓は太陽の光で目覚めた。カーテンを開けようと、片足を引きずりながら窓に向かって歩く。昨晩、夕食の時に飲んだ痛み止めのおかげか、昨日より足の痛みが治まっている。

「わあ、見事な秋晴れ……」

夜中何度も目が覚めて寝不足だったはずなのに、雲一つない青々とした空を見ていると、寝不足の頭がだんだん冴えていくような気がした。

そうしてしばらく外の様子を眺めている時だった。

――コンコン。

ドアをノックする音が聞こえた。

時刻は六時半。朝食の時間にしては早すぎる。

「看護師さんかな？　……はい、どうぞ」

ドアに向かって声をかけた。

ゆっくりとドアが開く。そこにいたのは看護師でも桔梗でもなく、望月家の当主・誠一郎だった。

「誠一郎様……」

思ってもみなかった来客に、楓の顔から一気に血の気が引いた。

「こんな朝早くに申し訳ない。今しか時間がなくてな。楓、話がある」
「はい……」

ロマンスグレーの髪をオールバックにし、仕立ての良いスーツ姿を着ている誠一郎は、目元や体格が桔梗とよく似ている。

だが雰囲気は正反対で、穏やかさを纏(まと)った桔梗とは違い、厳格なアルファらしい威圧感を漂わせていた。

「誠一郎様、こちらへどうぞ……」

震える声で部屋に招き入れる。慌てて部屋を見渡し、ローテーブルの前のソファに誠一郎を案内する。楓も誠一郎の向かい側に座った。

「まず、娘のしたことを謝りたい。本当に申し訳なかった」

開口一番そう言うと、誠一郎は椅子に座りながら深々と頭を下げた。

「誠一郎様！　頭を上げてください！」

「桔梗と桜子から話を聞いた。桜子は昔から桔梗にべったりだったから、嫉妬して君に怪我を負わせてしまったんだと思う。だとしても、そんなこと言い訳にしかならないな。君に大怪我させてしまったこと、娘の代わりに謝罪させてくれ」

一度上げた頭をまた下げようとした誠一郎を、楓は「やめてください！」と大声を出して止めた。

「誠一郎様がお聞きになったのは……それだけですか」

「いや……。桔梗は、君と桔梗が『運命の番』だと言っていた。だから番になる、結婚もする、とも。……君がオメガになったということは、にわかには信じられないが……山之内の息子が言っているのなら確かなことなんだろう」

「そう、なんですね……」

桔梗が誠一郎に自分たちのことを伝えてくれたのが嬉しく、思わず口角が上がる。

その姿を見た誠一郎は、ばつが悪そうに話を続けた。

「君と桔梗が恋人関係だということをわかった上で君に言いたい。……桔梗と別れなさい」

「え……？」

「……桔梗には婚約者がいるんだ。相手は、今は海外にいるが、もうじき日本に帰国する。そうなったらすぐ結納、結婚となるはずだ」

「そんな……そんなこと、一言も桔梗様は……！」

「そうか、桔梗は君には伝えていないのか。まあそうだろうな、伝える必要のないことだ」

誠一郎は困ったように息を吐きながら腕を組んだ。

「桔梗は望月家の一人息子なんだ。いずれ望月の会社を継ぐ。そんな人間が使用人のオメガに手を出していることがバレたら、世間はどんな反応をするか……わかるだろう？」

二人の関係が誠一郎に祝福されないことはわかっていた。孤児で使用人として望月の家にお世話になっている楓と桔梗では、身分が違いすぎる。

それでも、二人の関係をかりそめのものだと決めつけ、もう別れることが決定しているかのような誠一郎の態度に、楓は悲しさと悔しさで心の中がぐちゃぐちゃになった。

「……僕は、別れたくありません。桔梗様も同じ気持ちだと思います」

涙を堪えながら、膝の上で握りしめた拳に白くなるほど力を込めた。

「楓、これは決定事項なんだ。いくら君たちが愛し合っていようが、仕方ないことなんだ。この家に生まれた人間の宿命だ。個人の気持ちでどうこうできる問題ではない。……君もあの家で暮らすのは辛くなるだろうから、新しい家を用意する。もし大学に行きたいのならその費用は援助するし、就職したいなら働き先も斡旋する。……この意味がわかるな？」

「……僕に……出て行けということですか」

「君は頭がいいな。退院まではまだかかると聞いている、その間によく考えておいてくれ。なお、この話は他言無用だ」

そう言うと誠一郎は立ち上がり、一度も楓を見ることなく病室を出ていった。

一人残された部屋で、誠一郎に言われたことを思い出す。

——桔梗様はなんで婚約者のことを言ってくれなかったんだろう。でも別れたくない。別れたくないよ……

一体どのくらいそうしていたのだろう。コンコン、と病室のドアをノックする音で我に返った。

「古森さん、おはようございます。朝食お持ちしました……って大丈夫ですか？　顔真っ白」

看護師が慌てて駆け寄る。

「大丈夫です、ごめんなさい。少し食欲がなくて」

「先生呼びましょうか……？　診察してもらったほうが」

「あの、本当に大丈夫です。少ししたら食べられると思います」

「そうですか……。何かあったらいつでも言ってくださいね。今日からリハビリが始まりますし、頑張りましょうね！」

笑顔で話しかけてくる看護師に、なんとか苦笑いで頷く。

後で食器を取りに来ますから、と言う看護師に礼を言い、味のしない食事に箸をつける。

その時、枕元に置いてあった携帯から、電話の着信を知らせる音が鳴った。

よたよたと足を引きずりながらも、急いで枕元まで歩く。

充電ケーブルを引き抜き携帯を見ると、着信画面には〝桔梗様〟の文字。ためらいながらも応答ボタンを押す。

「……もしもし、楓です」

『楓。おはよう、体の調子はどうだい？　よく眠れた？』

「あ、はい、ぐっすり眠れました。……あの、今日からリハビリが始まるんです」

本当はなかなか寝つけないまま朝を迎えてしまったが、桔梗に心配をかけたくなくて嘘をついてしまった。

『そうか、無理せずにね。……今日の夜、十八時には会いに行くから』

昨夜、誠一郎と揉めたはずの桔梗の声は、いつもと変わらず穏やかなままだった。

「はい、お待ちしています。……桔梗様、あの」

『ん？　どうした？』

本当は今朝のことが気になって仕方がない。婚約者のことや、誠一郎に言われたことが頭にこびりついて離れないが、出勤前の桔梗に今、不安を吐露したところで困らせてしまうだけだ。

楓はぎゅっと唇を噛みしめ、我慢するしかなかった。

「なんでもないです。お仕事頑張ってくださいね……」

そのまま電話を切ると、桔梗が来るまでの長い長い一日が始まるのだった。

——腸が煮えくり返る、とはこういうことか。

楓から怪我をした時のことを聞いて、これほどぴったりな言葉はないと思った。

アルファの執着心なのだろうか。「自分が心から愛するオメガが大怪我をさせられた」ことに怒りが収まらない。桜子は実の妹だというのに、憎くて憎くて頭がどうにかなりそうだった。

苛立ちを抑え込みなんとか出社すると、秘書の山下が入口で待ち構えていた。

「おはようございます、部長」

「おはよう、山下くん。急な時間変更すまなかった」

「いいえ、今日の午前中は緊急の会議はなかったですし、問題ありません。ただこの後のスケジュールに変更がありますので……歩きながら説明いたします」

山下はとても優秀な秘書だ。元々誠一郎の第二秘書をしていたが、桔梗が営業部長になったのを機に、桔梗の専属の秘書になった。三十代前半と、桔梗と年齢が近く、仕事もできてよく気が利く。桔梗にとって不可欠な仕事上のパートナーだ。

「山下くん、今日の父の予定を知りたいんだが、確認できるか？」

「はい、それは可能ですが……どうかされましたか」

「今晩、父と話したいことがあるんだ。プライベートなことで」

「わかりました。社長の秘書に連絡を取ります」

「よろしく頼むよ」

そろそろ昼休憩か、という頃に、山下の社用携帯が鳴った。

「……すみません、部長。社長秘書から電話です」

「ああ、出てくれ」

桔梗の返事を聞くと、山下は桔梗に背を向け電話を取った。

通話はすぐに終わった。電話を終えた山下が桔梗を振り向く。

「部長、社長の予定ですが、今日は出先から定時頃に直帰されるそうです。ご自宅にお帰りになられて、会食などもないとのことです」

「ありがとう、なら私もなるべく早く帰りたい。今日の予定はできるだけ詰めてくれ」

承知しました、と山下が短く言う。すると本当にその日の定時過ぎには仕事を終えることができた。さすが優秀な秘書、完璧な調整だった。

急いで迎えの車を呼び自宅に帰ると、誠一郎の車はすでに車庫に入っていた。

「お帰りなさいませ、桔梗様」

屋敷のエントランスで、執事の田中を筆頭に、数人の使用人が桔梗を出迎える。

「ただいま。田中、父は自室か？」

「はい、三十分ほど前にお帰りになられて、今は自室におられると思いますが……」

「そうか……。父に話があるから、食事は後にしてくれ」

そう言うと、桔梗は足早に誠一郎の部屋に向かった。階段を一段飛ばしで上り、駆け足で誠一郎の部屋の前まで来た時だった。

「お父様――……、私は――……」

部屋の中から甲高い桜子の声が聞こえる。

その声を聞いた瞬間、怪我をした楓の顔を思い出し、怒りがふつふつと湧きあがってきた。

――ドンドン！

怒りのあまりドアをノックする力が強くなる。なんとか怒りを治めなくてはと思っても、桔梗の心はもう限界だったのだ。

「誰だ」

冷たく低い声が部屋の中から聞こえた。

「桔梗です。父さん、入りますよ」

返事も待たずドアを開ける。部屋の奥には冷たい表情で椅子に座る誠一郎と、ばつの悪そうな顔をする桜子がいた。

「父さん、話があります。楓のことで」

「桔梗。今は桜子が先だ。なんなんだお前たちは揃いも揃って……」

呆れ顔の誠一郎は大きなため息を吐いた。

「お父様、ですから楓はオメガなんです！　あの使用人、私たちに嘘をついていたんですよ、もう何年も」

「桜子！」

桔梗は、桜子の言葉を遮るように大声で怒鳴った。桜子はめったに怒らない桔梗の姿に驚き、口をパクパクさせている。

「父さん、楓は確かにオメガでした。しかしそれは数日前に判明したこと。それまでは確かにベータだったんです。山之内先輩に検査までしてもらったんですから、疑問があるならどうぞ山之内総合病院に聞いてみてください」

「そんなまさか……」

「それだけじゃない。楓にオメガの可能性があることを私は……私だけは知っていたんです」

「どういうことだ」

「……私と楓は『運命の番』です。楓が二十歳になったら私たちは結婚し、番になります」

その場の空気が一気に凍りついたのがわかった。

「そんな、嘘でしょう……!?」

「嘘じゃない。楓は私の大切な人だ。それを桜子……お前はなんて酷いことを！」

「だって……お兄様は騙されています！」

「うるさいっ‼」

誠一郎の怒鳴り声が部屋中に響いた。

「桜子、楓が階段から落ちて入院していると田中から聞いたが、お前は何か知っているな」

「……そ、それは……」

「言え！」

痺れを切らした誠一郎が、怒鳴りながら机をドンと叩く。

桜子は目を泳がせながらしばらく言い淀んでいたが、誠一郎の鬼気迫る表情に観念したのか、少しずつ話し始めた。

「あ、あの……お兄様が楓の味方ばかりするから、釘を刺しておこうと思ったんです……。ゴミ置き場に向かう姿を見つけたから……。お兄様に近づかないでって言うだけのつもりだったんです。なのにあの子オメガの薬を持ってて、お兄様を誑（たぶら）かしたんだと思ったら腹が立って……」

「だから顔に痣（あざ）ができるほど叩いて、肉離れを起こすほどの怪我を負わせたんだな」

桔梗はそう言うと、桜子をギロリと睨みつけた。そのあまりの気迫に、桜子はガタガタと手足を震わせた。

「馬鹿者！　望月の人間がオメガの使用人を折檻して怪我をさせたなど、世間に知られたらどうなるか。お前はしばらく部屋にこもって反省しろ。学校にも行くな。この先のことは私が考える」

誠一郎と桔梗にきつく怒られたことが余程ショックだったのか、桜子は目に涙を浮かべ、「わかりました」と呟くと、振り返ることもせず一目散に部屋を飛び出していった。

「父さん、桜子が楓に謝罪しても、私は許す気はないですよ」

桜子が出ていった後、桔梗は静かな口調で切り出した。

「桔梗、お前どういうつもりだ。結婚？　番？　そんなこと許されるわけがないだろう」

「父さんが何と言おうと私は楓を選びます。許されなくても構いません。それなら私がこの家を出るまでです」

冷静に言い返す桔梗は、もう覚悟を決めているかのように冷たい視線を誠一郎に向ける。その姿に苛立った誠一郎は声を荒らげ、桔梗の胸ぐらを掴んだ。

「橘のことはどうする！　今更婚約をなかったことにはできん！」

「あちらのことは、私は了承した覚えはありませんよ。それに子供のころの口約束じゃないですか。私は何があっても楓と番になり結婚します。……今は何を言っても反対しかなさらないでしょう。ですので今日はこれで失礼します」

掴まれたネクタイを振りほどくと、桔梗はそのまま誠一郎の部屋を出て行った。

楓が怪我を治して退院しても、帰ってくる家がここでは、楓が心地よく暮らせないだろう。

それなら二人で新しい家に住んで、楓が自由に幸せに暮らせる場所を作りたい。

そう思うと、不思議と心が穏やかになるのがわかった。

ほとんど食べられなかった朝食の後、楓は看護師に案内され、リハビリルームにいた。

痛み止めや看護師の手当てのおかげで痛みはだいぶ軽減されていた。どうやら肉離れというのは早めに少しずつストレッチやリハビリを始めないと、再発しやすいようだ。

初日は簡単なリハビリルームの説明と、明日から始まるストレッチを軽く行った。それだけでも足が動きやすくなった感じがして、楓の心は弾んだ。

一時間程度で病室に戻ってきて、ベッドに寝ころんだ。今日は無理をせず、ゆっくり過ごすように言われたからだ。

そんな楓のもとにやってきたのは、事務の上田だった。

「古森さん、リハビリどうだった？」

「上田さん！　はい。初日だったんですけど、担当の先生が優しくてよかったです。あとストレッチのおかげか少し痛みも減った気がします」

楓が体を起こそうとしたところを、上田はやんわりと止めた。

「それはよかった。あっそうそう！　この書類に記入漏れがあったから持ってきたの。ここなんだけど——……」

そう言いながら上田は持ってきた書類を机に広げ、記入漏れがあったところを指差した。楓はボストンバッグからボールペンを取り出し、指された箇所に記入していく。

その時だった。

「ねえねえ、昨日のあのイケメン。古森さんとどんな関係なの……!? あの人絶対アルファでしょ！」

上田は目をキラキラさせ、興味津々という様子で前のめりに尋ねてきた。

昨日のイケメンとはおそらく桔梗のことだろう。

「えっと……住み込みで働いてる先の、僕の旦那様です」

「へぇ……そうなんだ？ 凄い勢いで『古森楓の病室はどこですか』って受付に来たから、恋人かと思ったのに」

「えっ？」

なーんだ、と言い楓が書いた書類を纏めていた上田が、楓の顔を見るなりぎょっとした表情をした。

「ど、どうしたの古森さん？」

「めちゃくちゃ泣いてるじゃない！ ほらティッシュ、ティッシュ！」

上田はベッドサイドにあるティッシュを掴んで持ってくると、数枚引き抜き、楓の顔に押し付けた。

「なになに、どうしたの急に泣き出して」

「す、すみません……。ちょっといろいろあって。泣くつもりなんかなかったんですけど。あれ、おかしいな……涙、止まらない」

一度出た涙は簡単には止まらず、上田が渡してくれたティッシュはあっという間に涙と鼻水でベタベタになってしまった。

「私でよかったら話聞くよ……？　もちろん誰にも言わないし」

上田は楓の背中をゆっくりと優しくさすりながら心配そうにしている。

その温かい手に心が癒されていく。

――上田さんなら、同じオメガとして僕の気持ちをわかってくれるかもしれない。

そんな期待を込めて、楓はポツリポツリと話し始めた。

「上田さんが見た旦那様は、僕の『運命の番』なんです」

「……えっ⁉　運命の番？」

上田が驚くのも無理はない。運命の番は出会うことさえ奇跡のようなもので、ほとんどのアルファやオメガは出会わないまま一生を過ごすと言われている。

「凄いじゃない！　もう番になったの？」

「いえ……二十歳になったら、っていう約束はしました。だけど……反対されてて。桔梗様には婚約者がいるって」

「あー……」

上田は楓のベッドによいしょ、と言いながら腰を掛けた。

「私がなにかアドバイスできるってわけじゃないけど。私は好きな人には幸せになってほしいって思うんだ。相手がアルファでもベータでも、それこそオメガだったとしてもね。だから、誰かに反対されてたとしても、好きな人が古森さんといて幸せになれるんだったら、その人を信じるしかないのかな」

こんなことしか言えなくてごめん、と、上田は困ったように頭を掻いて笑った。

上田が病室から出ていった後も、楓はベッドの上で上田が言った「相手の幸せ」について考えていた。

桔梗は、自分と結婚して番になることを願っている。それは間違いないと信じている。

だけど果たして、誠一郎や桜子に反対されたままでいいのだろうか。

桔梗は楓のためなら望月の家を捨てると言ってくれた。

けどそれは、本当に桔梗の幸せになるのだろうか。

そして婚約者のことも、本当のことなのか……

——今夜来てくれたらお話しできるかな。早く会いたい……

桔梗が来るのを心待ちにしていた楓だったが、予定の十八時になっても桔梗が来ることはなかった。

何度携帯をチェックしても桔梗からの連絡はなく、楓は廊下と部屋を何度も行き来しては、桔梗の姿を探した。

時刻は十八時四十五分。面会時間終了まで残り十五分を切り、もう来ないだろうと諦め、ベッドに潜り込もうとした時だった。

「楓！　遅くなってごめん」

ノックもせずいきなり部屋のドアが開くと、そこには息を切らした桔梗の姿があった。

「桔梗様、よかった……会いたかったです。お帰りなさい」

楓は潜り込もうとしていたベッドから降り、よたよたと桔梗に近づくとギュッと力いっぱい抱きついた。

桔梗は小柄な楓の体を抱きしめ返すと、ちょうど胸元にすっぽり収まる楓の頭を優しく労わるように何度も撫でた。

「どうしても断れない仕事が急に入った上に、渋滞にはまってしまって。いや、こんなのただの言い訳だな」

「ううん、いいんです。桔梗様が会いに来てくれただけで……」

「……昨日、父と桜子と話をした」

頭をぐりぐりと桔梗の胸に押し付け甘えていた楓だったが、その言葉でぱっと桔梗の顔を見上げた。

桔梗は、言いにくそうな悲しげな顔をしている。

「桜子は今、自宅謹慎中だ。今は無理だが、必ず君に謝らせるよ。それと父は……」

「反対されたんですよね」

わかってます、と言うと、楓はそっと腕を外して桔梗から離れた。

誠一郎が早朝にわざわざ会いに来たくらいだ。きっと昨夜、かなり反対されたのだろう。

「確かに反対された。だが、私はたとえ勘当されたとしても楓を離すつもりはないから」

「桔梗様……、桔梗様は本当にそれでもいいんですか？」

「え……？」

桔梗は楓の言葉に驚き、目を大きく見開く。

「楓、どうしてそんなことを聞く……？」

その時だった。

「古森さん、面会時間もう終わりですよ」

部屋の外から看護師の声がした。

「もう時間だ。この話はまた今度しよう」

「はい……」

「それと、明日は忙しくて面会時間内に来れそうにないんだ」

連絡はするから、と楓の頬にキスを落とすと、手を振って病室を出た。

そしてこの日から二週間、桔梗は楓の病室を訪れることはなかった。

十二月も中頃になり、本格的な冬が訪れようとしていた。

毎日リハビリをしているおかげか、足は無理な動きをしない限り痛むことはなくなった。

——桔梗はまだ、楓の病室に来ていない。

仕事が凄く忙しいようで、メールは来るものの、次第にそれも減っていって、日に一度か二度やり取りができればいいほどだった。

桔梗は以前から忙しそうだったが、二人が恋人同士になってから、こんなに離れたことはなかった。

何かあったのだろうか……と、つい悪いほうに考えてしまう。

それに、婚約者のこともまだ桔梗に直接聞けていない。そのことも、楓の不安を大きくしていた。


そんな中、楓は寂しさや不安を紛らわすかのように、刺繍に集中する日々を過ごしていた。

楓は、給料で刺繍糸や無地のハンカチーフを買い、仕事が終わった後や休みの日にコツコツと作品を作るのがなによりも幸福な時間だった。

桔梗から教わった刺繍は、今では店で出しても通用するほどの腕前だ。イニシャルや文字を刺繍するときもあるが、ほとんどは花をモチーフにしている。屋敷に咲いている花を参考にしたり、図書館で花の図鑑を借りたりして図案を書き、花の色に合った刺繍糸を選ぶ。この作品は二本どりにしようか、三本どりにしようか……そう悩む時間も楽しく、桔梗や使用人仲間にプレゼントして喜んでもらった時は、作ってよかったと心から思ったものだ。

今楓が作っている刺繍は「カランコエ」というオレンジ色の多肉植物をモチーフにしている。

「この花、色がとっても綺麗だな。小さい花も丸っこくて可愛い」

リハビリルームに行く途中に、テレビや雑誌が置いてある談話室がある。そこに飾られているカランコエを見た時に、これを刺繍したい、と久しぶりに胸が躍ったのだ。

作り始めて三日、図案から書き始めて、やっと花びら部分の刺繍に取り掛かれると思った頃、やたらと体が怠く、頭もぼんやりしていることに気づいた。

「体が変だなぁ。ちょっと頑張りすぎたかも……」

もしかして、と思って壁に掛けられているカレンダーを見たが、まだヒートの時期ではない。山之内からは、最初は周期が不安定になることがあると言われたが、それにしても早すぎる。楓は頭をぶんぶんと振った。

「桔梗様、どうして会いに来てくれないんだろう……」

桔梗のことを想うたびに涙がこみ上げてくる。体が不調なことも原因なのだろうか。大好きな刺繍をしているのに、情緒不安定なままだ。

夕食の食器を下げにナースステーションの前を通ったとき、看護師に体調のことを相談しようかとも思ったが、バタバタと忙しそうに仕事をしていて、とても声をかけられる雰囲気ではなかった。

「まあいっか、明日も体調がおかしかったら相談してみよう」

寝てしまえばきっと明日には良くなる。

そう信じて、まだ消灯時間にはなっていなかったが、部屋の電気を消し、ベッドに潜り込んだ。

——おかしい。

そう思ったのは消灯時間が過ぎた真夜中のことだった。

体が燃えるように熱く、下半身がむず痒い。服を着ていても後孔が滴（したた）るように濡れているのがわかる。

「これ、ヒートだ……」

一度経験しているからわかる、この耐え難い性衝動。

息を殺してなんとか耐えようとしても、手が勝手に下着の中に入っていってしまう。

「うぅー……苦しい……助けて……」

病室を出て誰かに助けを求めるしかないか……？

そう考えていた時、病室の外からシトラスの香りが近づいてくるのがわかった。

「この匂い……」

爽やかで、甘くて、切なくなるほど恋焦がれるこの匂いを知っている。

「違う、違う……桔梗様じゃない」

掛け布団に包まりながら、自分に言い聞かせるように呟く。

桔梗がこんな夜遅くに来るはずなんてない、きっとこれは願望から現れた幻だろう。

そう思い込もうとしても、桔梗の匂いは確かに楓に向かって近づいてくる。

ぼんやりと頭の中に靄（もや）がかかったまま、布団から顔だけ出し、ドアをじっと見つめる。

病室の扉の擦りガラスに人影が映り、扉がゆっくりと開いた。

「楓、部屋の外まで君の匂いが漏れてる」

「き、きょう様……？」

どうしてここに……？　そう言おうとするが言葉が続かない。

ベッドから身を起こそうとする。しかし桔梗は、そこに覆いかぶさるようにして楓を押し倒した。

寒い外から来たせいだろう、柔らかくて冷たい唇が、楓の少し乾燥した唇を塞ぐ。

桔梗の舌が楓の唇の間に割って入り歯列をなぞると、楓の細い腰が小刻みに震えた。

「桔梗、様っ……！　桔梗様、あ、あぁ……っ」

わずかな息継ぎの合間に必死に桔梗の名を呼ぶも、一向に桔梗が止まる気配はない。

口内を執拗に攻め立てられ、頭がぼうっとする。

力の入らない手で桔梗の胸板を手のひらで叩くと、ようやく唇が離れ、目が合った。

「桔梗様っ……！　ヒートきちゃ、った……。お願い、早く……」

本当に聞きたいことは他にあったはずなのに、楓の口から出たのは桔梗を求める言葉だけ。

手を伸ばし、桔梗のジャケットの裾を掴むと、赤くなった頬を襟元にすり寄せた。

「はぁ……楓、可愛い……。好きだよ。大丈夫、すぐ楽にしてあげるから……」

楓の耳元で甘い言葉を囁き、瞼、唇、頬、と唇を這わす。それはだんだん下がっていって、ついには楓の項に触れた。桔梗のシトラスの香りが一層強く香る。

「んっん……はぁっ……あぁっ！」

それだけで達してしまった。全身がびりびりと電流が走ったように波打ち、楓の陰茎からはとろりと蜜が溢れ、後孔はひくひくと収縮する。

「楓、大丈夫かい……？」

「は、い……」

潤んだ瞳で答えると、楓は細い腕を伸ばして桔梗の首に回した。

「桔梗様の匂い、もっと、もっと欲しい……」

この二週間。いくらリハビリや刺繍に集中していても、心の奥はいつも空しいままだった。

でも、桔梗に触れ桔梗の匂いを嗅いだ途端、そのぽっかりと空いた穴がゆっくりと埋まっていくのがわかった。

今までの寂しさや不安を消し去るように、桔梗の首元に顔を寄せ、体中が満たされるまで匂いを嗅ぐ。

「楓、寂しい思いをさせてごめん……」

「ううん、来てくれたから……。嬉しい、です。でも、もっと……。足りないです……」

だからキスしてください、と求めるように、桔梗の下唇を甘噛みする。

楓のねだるようなキスに応えるように、桔梗が熱い舌で楓の口内を蹂躙（じゅうりん）する。唇を重ねたまま、逃げる楓の舌に絡みつき、じゅるっと音をたてながら吸いついた。

桔梗の唇が名残惜しそうに離れると、二人の間を繋ぐ透明な糸が楓の頬を伝い、シーツにぽとりと落ちた。

桔梗の匂いもどんどん、むせ返るほどに強く濃くなる――桔梗も自分に発情してくれているのだろうか。

「俺も限界だ。……声、我慢できる？」

耳元で囁かれ、楓は目をぎゅっと瞑り何度も頷いた。

早くして、と言わんばかりに桔梗の上質なカシミヤのコートの袖を引っ張ると、楓も桔梗の耳元に唇を寄せ、荒い息で囁き返した。

「はやくっお願い……抱いて、ください」

その言葉で、桔梗は楓の病院着の腰紐を引きちぎるような勢いで外した。

柔らかそうな白い肌に、ピンクの尖りが二つ、ぷっくりと真っ赤に腫れている。

親指と人差し指で尖りの先を摘むとピンッと勃ちあがり、楓は嬌声をあげた。

「ひぃんっ……ぅっ…ん、ん」

「楓、可愛い声だけど今はダメだよ。抑えて」

ヒート中は意識が朦朧となり理性が飛んでしまう。声を抑えて、と言われても、快楽に悶える声が絶えず漏れてしまう。

「あっあっ……もっと、触って…あ、あっ……」

「楓っ、声が大きい……はぁ……少し苦しいけど我慢して」

そう言うと桔梗は、少しの隙間もないくらいぴったりと楓の唇にキスをした。時折、舌を搦めとり楓の舌や口内を堪能し、声が出そうになるとまた唇を塞ぐ。

それを繰り返しながら、楓の下着にそっと手をかけた。

白と黒のチェック柄の下着はすでにドロドロで、ワンピースタイプの病院着もすでに体液でびっしょりと濡れていた。

下着越しに立ち上がった陰茎に桔梗が優しく触れると、楓が体をびくっとよじらせた。

「ん、ん～～！　ん、ん……」

「ん、もうドロドロだ。これ、脱がすよ……」

下着を器用に片手で脱がすと、ベッドの下に投げ捨てた。

桔梗もベッドの上で膝立ちになると、自分のコートとジャケットも脱ぎ捨て、ネクタイを緩めた。

丸くて小さい臀部を左手で撫でまわされると、まるで期待しているかのように、はしたなくぴくぴくと腰が震えてしまう。

それなのに、桔梗はスラックスを着たまま、キスをしながら右手で頭を撫でるだけ。じらすような仕草に、楓は苦しそうに桔梗の胸を叩いた。

「あ、あぁっ……もう、挿れてっ……苦しい、苦しいよう……」

「いくらヒートでも、しっかり慣らさないと後が辛いぞ。脚は痛くない？」

「はぁ……っ、だいじょ……ぶです」

楓の怪我を気遣うように、桔梗がそっと脚を割り開く。

露わになった楓の蕾に、つぷり、と桔梗の指が何の抵抗もなく入っていく。中を掻きまわす指は心なしか性急だ。蜜で溢れるそこで二本の指がばらばらに動くと、甲高い声が病室に響いた。

「あ、あ、あぁ……！　もう、いいからっ、お願い……桔梗様っ」

もどかしくて、楓は半泣きになりながら誘うように腰を揺らした。

腰を振るたびに陰茎と蕾からはトロトロとした蜜が流れていく。

——早く欲しい……

我慢できず、楓は右足のつま先で桔梗の股間部分に触れた。ラットを起こしかけている桔梗のそれは、スラックス越しでもわかるほどパンパンに膨れ上がっている。

そのままスリスリと撫で上げ、親指の先で膨らんだ部分を優しく突くと「ぐぅっ……」と喉奥を鳴らすような唸り声が聞こえた。

「無自覚に煽るのはいい加減にしてくれっ」

そう言うと桔梗は楓の膝裏をぐっと持ち上げ、ヒクヒクしている蕾に舌を入れた。

「あ、あぁっ！　……ん、あんっ！」

蜜は乾くことなく止めどなく溢れてくる。楓は舌の刺激で何度も達してしまい、快感に目をチカチカさせ、ぴゅくぴゅくと陰茎から白濁を撒き散らす。

「楓、私を見なさい」

桔梗は手の甲で濡れそぼった自分の口を拭うと、ベルトを外し、そそり立つ肉棒を楓の蕾に押し当てた。

「楓、私を見るんだ」

先ほどより強い口調で言われると、まるで体が桔梗の命令に従うかのように、焦点が合わなかった視界にゆっくりと像が結ばれる。現れた愛しい桔梗の黒い瞳を見つめた。

「好きだよ、楓」

その言葉と同時に、勢いよく桔梗が楓の中に入り込んできた。

「っ……!!　……あ、あぁっ！」

熱く太い塊が中に入ってくる衝撃でまた目がくらむ。

桔梗のものが抜き差しされるたびに内壁を擦り、腹まで折り曲げられた足の指先に力が入る。

「楓っ、楓……好きだよ、愛してる」

「あっあっ、桔梗、様……いいっ、気持ち、いい……」

ぎゅっと押しつぶすかのように抱きしめられ、激しいピストンが繰り返される。頭まで突き抜けるような快楽に、楓は背を反らし、涙を流しながら喘いだ。

「あっ、あ、あ……ダメ、またいっちゃう、あ、あぁっ……」

「ああ……部屋中が楓の匂いでいっぱいだ。早くお前を、お前の全てを私だけのものにしてやりたい……」

桔梗の甘いフェロモンも病室中に充満している。

汗でまとわりつく楓の髪を桔梗がざらりとかき上げ、男性にしては華奢な項を出す。情事の熱に赤く染まったそこに舌を這わせながら、さらに奥へ奥へと腰を打ちつけた。

「いっちゃ、あっ、ダメ、いくいくっ…あっあぁ！」

「イキなさい、楓！」

桔梗の声がトリガーとなり、楓は激しく体を反らしながら何度目かの絶頂を迎えた。

目が覚めたのは、まだ日が昇る前だった。

ぼんやりする目を手の甲で擦りながら隣を見ると、桔梗がペットボトルの水とアフターピルを手にベッドに腰掛けていた。

「楓、体の調子はどう？」

差し出された薬と水をありがたく貰い、その場で飲んだ。

「桔梗様……あの」

「楓はオメガになったばかりだったから、ヒートがまだ不安定なんだろう。入院のストレスもあるだろうし」

そういえば、山之内も「ストレスが原因でヒートが不安定になる」と言っていた。

楓にとって、この入院生活と桔梗に会えないことは、思ったよりも心身の負担になっていたようだ。

「あの、でも落ち着きました。迷惑かけてごめんなさい」

「君は何一つ悪くないんだよ。……それよりなかなか会いに来れなくて本当にすまない……」

桔梗は悲しそうな表情を浮かべながら、ベッドに座る楓の体を優しく抱きしめた。

「楓がこの間言っていたこと……私もよく考えたんだ。その……望月を捨ててもいい、なんて簡単に言ってしまって悪かった。楓に負担をかけるつもりじゃなかったのに」

「もしかして……」

「父に認めてもらえるように、今自分なりに頑張っているんだ。それが私と楓、二人の幸せになるように」

楓は嬉しくなり、桔梗の体をぎゅっと抱きしめ返した。

「嬉しいです。桔梗様がご自分の幸せのことも考えてくれて……。僕も、僕にできることをします」

桔梗は、楓の言葉を受け止めるように優しく微笑んだ。

「それで、こんな時間に来たのは理由があるんだけど、実は、アメリカに出張が決まってね」

「アメリカですか……？」

「急に決まったんだ。今日の夕方には出発して、帰国できるのは来月になる」

だから仕事帰りに君の寝顔だけでも見たくて会いに来たんだ。そう話をすると、桔梗はコートと鞄を手に取った。

「もう行くんですか……？」

「一度帰って用意をしないと……ってそんな顔しないで？」

どうやら相当寂しそうな顔をしていたらしい。桔梗はその大きな手で、幼い子どもをあやすように、柔らかい楓の髪を撫でた。

「楓の退院の日に帰国するから、空港から直接迎えに行くよ」

「はい、待ってますね。……桔梗様、どうかお気をつけて」

桔梗の頬を両手でそっと包み込むと、ベッドではない場所で、初めて自分から桔梗にキスをした。

ちゅっ、と触れるだけのキスだったが、威力は抜群だったらしく、桔梗は嬉しそうに頬を赤く染めた。

「本当、楓は可愛い。……それじゃあもうそろそろ行くね」

——可愛いのは桔梗様だ……

頬を赤らめる桔梗は、見たこともないほど無防備に狼狽(うろた)えていて。楓は、愛しい気持ちでいっぱいになった。

そして、桔梗は名残惜しそうに最後にもう一度楓を抱きしめると、アメリカへ渡って行ったのだった。

桔梗がアメリカへ発ってからの楓は、より一層リハビリと刺繍と勉学に励んでいた。

——桔梗様が頑張っているんだ。僕も、早く足を治さないと。

毎日のリハビリの他に、病院の中を散歩したり、食事も三食きっちり食べるようにした。

おかげで顔色がよくなり、看護師や上田にも頑張っているね、と褒められることも増えた。

空いた時間は刺繍や英語の勉強をし、今やっていることがいつか桔梗のためになるようにと励んだ。

桔梗からの連絡はなかったが、楓との関係を認めてもらうために頑張っている、と言った桔梗の言葉を信じていたから、楓の心は揺らぐことはなかった。

——寂しいけど、桔梗様だって頑張ってくれている。先のことはどうなるかわからない。自分にはできることも少ない……。でも、今の僕にできることを頑張ろう。

そう思って毎日を過ごしていた。……退院する二日前までは。

「楓くん、今日もお散歩～？」

「由美(ゆみ)さん！　はい、でももう寒いんで、病院の中を一周するだけにしようと思います！」

「由美」と呼んだのは、事務の上田だ。上田とはすっかりよく話す仲となり、今ではお互い下の名前で呼び合っている。

「楓くん、今日はいつにも増して機嫌いいね。なんかいいことあった？」

表情でバレていたのだろう。楓は緩む頬を隠せないまま、聞いてください！　と上田に詰め寄った。

「さっき診察があったんですけど、完治だって言われました！　僕、足治ったんです」

「よかったじゃない！　おめでとう、じゃあ退院は前倒し？」

「いえ、それは予定通りです。本当はもう退院してもいいんですけど、その……迎えに来てくれる人の事情があって……。先生の配慮で、あと二日ここにいてもいいことになりました」

「そうなの……治ってよかったけど寂しくなるわ。ね、私たち友だちになりましょ！」

上田はニカッと笑いながら、人差し指をぴんと立てた。彼女は同じオメガで、自分をしっかり持っている自立した女性だ。そんな彼女が友人になってくれることは、楓としても心強い。

「はい！　もちろんです」

そう返事をすると、上田は後で病室に行くねと言い仕事に戻っていった。

「さて、後は談話室を通って帰ろうかな」

——オレンジ色のカランコエにも会いたいし。

心の中で談話室のカランコエを思い出す。

カランコエの刺繍は、花の部分のバランスがとても難しくて、やり始めると満足するまで凝ってしまうたちの楓は、何度か糸を抜いてやり直していた。

桔梗のイニシャルの『K』まで刺し終わり、ようやく完成したのは、昨日の夜だった。

談話室には数人の先客がおり、ソファに腰掛けてテレビを観ていた。

談話室の前方には大型テレビが一台置いてあり、よく夕方の再放送のドラマや情報バラエティが流れている。

楓はめったに談話室に行くことはなかったし、普段からテレビは観なかった。たまたま刺繍が完成した、だから飾ってあるカランコエをもう一度見ようと思った。ただそれだけだったのだ——

その時たまたま流れていたニュースから、愛する人の名前が聞こえた気がした。

だから、ぱっとテレビのほうに視線を向けたのだ。

『嬉しいニュースです。望月自動車株式会社・代表取締役社長の息子の望月桔梗さんが婚約を発表しました』

アナウンサーの女性の声が談話室に響きわたった。

「え……？　桔梗様……？」

テレビの中では女性アナウンサーが嬉しそうにニュースを読んでいる。

――婚約者？　それってまさか僕のこと……？　それとも……

思わず前に駆け出し、テレビ画面に釘付けになる。

どうか婚約者が自分でありますように、とテレビ画面に縋りついてアナウンサーの続きの言葉を待った。

だが、楓の願いに反し、女性アナウンサーは笑顔で残酷な言葉を吐いた。

『相手は国会議員　橘修造氏の長女、橘美由紀さん。橘さんは××大学のミスキャンパスで、芸能活動もされていました。現在はアメリカの大学に留学中で、五月の大学卒業を待って入籍されるそうです』

『いやあ、おめでたいニュースですね』

『橘さん、共演させていただいたことがあります！　綺麗で、凄く優しくて素敵な方で』

『望月自動車の御曹司もイケメンやなあ！　天は何物与えてんの』

テレビの中の喧騒が遠くに聞こえる。

――『橘さんは……アメリカの大学に留学中』

――『実は、アメリカに出張が決まってね』

急激に体温が下がっていく感じがして、頭の中が真っ白になった。

喉が詰まる感覚がして苦しくなり、焦れば焦るほど上手く呼吸ができない。

楓は倒れ込むようにその場で崩れ落ちた。

「はぁ、はぁ……はっ、はぁ……」

後ろでテレビを観ていた患者が楓に「大丈夫ですか？」と声をかけてくる。

誰かが呼んでくれたのだろう、白い制服の看護師が走ってくるのが霞む視線の先に映った。

薄れゆく意識の中、女性アナウンサーの声だけが頭の中に響いていた。


「過呼吸ですね。……もうすぐ退院ですが、何か不安なことはありますか？」

気がつけば、楓は病室のベッドにいた。

あの後、駆けつけた看護師が対処してくれたおかげで、過呼吸はすぐに治まったそうだ。

「……いえ、大丈夫です。ご迷惑おかけしました」

「ここは病院ですからね。大丈夫ですよ。……過呼吸は精神的なストレスが原因になりますからね。もし何かあれば看護師に相談してください」

そう言うと、診察してくれた医者は病室を出て行った。

そして入れ替わるように、上田が病室に駆け込んできた。

「楓くん！　倒れたって聞いたけど大丈夫なの!?」

「由美さん……」

「体調悪かったんだね。なんであの時、私気づいてあげられなかったんだろう」

上田は責任を感じているようで、落ち込んだ様子で俯いた。

「違うんです。その……ショックなことがあって……」

楓は一つ大きなため息を吐くと、苦しそうな表情で上田を見上げた。

「桔梗様が……婚約しました。僕以外の人と」

「桔梗様って……あのイケメン？　うそ、だってあの人は！」

「テレビのニュースで……。相手の方は今アメリカにいるそうなんです。桔梗様も今仕事でアメリカにいて……」

言っているうちにだんだんと胸が苦しくなり、シーツに大粒の雫が落ちた。

「楓くん、私なんて言ったら……」

「いいんです。由美さん、ちょっと一人にしてください……。いろいろ考えたくて」

それでも由美は心配そうに楓を見ていたが、しばらくすると、「わかった……」とため息交じりに言いながら病室を出て行った。


——これからどうしようか。僕は、桔梗様のために何ができるのだろうか？

よくよく考えたら、運命の相手だからって番（つがい）にならなくてもいいのだ。困るのはオメガの自分だけ。

桔梗は望月家の一人息子なのだ。誠一郎も言っていた。あの大きな会社を継ぐのだから、好きな人と結婚することはできないと。身寄りのないオメガの楓は、やっぱり桔梗の邪魔にしかならない。

携帯を取り出し、「橘美由紀」と検索してみる。出てきた画像には美しく華やかな、いかにも良いところのお嬢さんが映っていて、自分と比べると余計に辛くなった。

「桔梗様にお似合いの人だ。……僕が、離れればいいのかな」

静かな病室で、ぽつりと呟いた。

翌日の昼頃、楓はすでに病院着から私服に着替えていた。

カーテンを開け、お世話になった病室を、できる限り綺麗に掃除する。

ロッカーからボストンバッグを取り出し、忘れ物がないかひとつずつチェックする。朝に回した洗濯機は、あと五分もしたら乾燥まで終わるだろう。

「診察も終わったし、後は洗濯物取りに行って、バッグに入れたら終わりかな」

楓は、明日の桔梗の帰国を待たずにここを出ることに決めた。

出ると言っても、もう望月の家に帰ることはできない。

でも、それが楓にとっても桔梗にとっても一番いい選択だと信じるしかなかった。

楓は桔梗を愛している。おそらく桔梗も同じ気持ちでいてくれた。一人でいることが、桔梗にとっても幸せだ、そう思っていた。

でも、あのニュースを観て自信をなくしてしまった。やっぱり自分と桔梗の住む世界は違う。アメリカに行った桔梗からの連絡が途絶えていたのは、そういうことだったのかもしれない、と。

――みっともなく縋(すが)って、桔梗様を困らせるくらいなら、自分から身を引いたほうがいい。これでよかったんだ。

そう自分を納得させて、楓は退院を一日前倒しすることにしたのだ。


乾燥機から洗濯物を取り出し、ボストンバッグに入れる。掛けてあったキャメルのコートを胸の痛みをこらえながら羽織り、帰り支度を済ませた。

「由美さん、お世話になりました。先生や看護師の皆さんにも『ありがとうございました』とお伝えください」

「楓くん。あなた大丈夫なの？　この先のこととか……」

受付で待っていた由美が心配そうに尋ねたが、楓はぎこちない笑顔で静かに頷くだけだった。

二人の間にしばし沈黙が流れたが、ここに来た理由を思い出して、慌てて話を切り出した。

「あのっ、入院費なんですけど……」

楓は急いでボストンバッグから財布を取り出す。約二か月も入院していたから、金額はそれなりのはずだ。手持ちのお金はわずかしかないが、楓にも働いてきた分の貯金はある。とりあえず手持ちのお金を渡して、足りない分は銀行に行かせてもらおうとお願いしようとした時だった。

「あっそれならいらないわ」

「えっ？」

「もう先に払ってもらってるのよ。楓くんが入院した日にね。それもおつりがくるくらい！　だから大丈夫よ」

上田は冗談めかしてそう言うと、受付から身を乗り出して楓の頭を優しく撫でた。まるで姉のように、母のように。

楓はそれが恥ずかしくて、嬉しくて――思わず涙ぐんでしまった。

この数か月、心身共に疲れ果てた時もあったが、同じオメガとして頑張って生きる上田の存在は、楓にとって希望でもあり救いでもあった。

「由美さん、本当にありがとうございました。由美さんに出会えてよかったです」

「私もよ、楓くん。私たち友達なのよ、これっきりってわけじゃないんだからいつでも頼ってね！」

「あの、じゃあ最後にお願いがあって……いいですか？」


エントランスを通り、病院の正面玄関を出た。

一月の北風は肌を刺すような冷たさだ。しかし空は雲一つない快晴で、まるでこれからの楓を後押ししてくれているようだった。

「桔梗様が幸せになりますように」

空を見上げ、もう会えない人を想う。

――どうか、どうか幸せになって。僕もあなたのいないところで頑張って生きていきます。

心の中でそう呟くと、楓はボストンバッグを握り直し歩き出した。

嵌められた。
そう気づいた時にはもう遅かったのだ。
何故違和感に気づかなかったのだろうと、心底自分を恨んだ。
――あれは、楓がいなくなる一か月半前のことだった。

誠一郎に楓と交際していると伝えてから、明らかに仕事の量が増えている。
突然入る父の代理での出張や、毎晩のように行われる会食に、桔梗はだんだん苛立ちを感じ始めていた。
「山下くん、今日の予定は？」

「えー……っと、午前中は定例会議が一本。経費の決済の締切が本日正午です。午後は、一時にN銀行の宮寺（みやでら）様が挨拶に伺いたいと……。三時からは新企画の顔合わせ、四時半からオンラインでマレーシアの新営業所の件で現地との打ち合わせ、六時から経営企画部の山井（やまい）部長が緊急で十五分ほどミーティングしたいそうです。夜は七時半から赤坂のホテルで国会議員の先生方との会食です」

「はぁ、またか。どうせこの会食も父の代わりだろう……」

――一体いつになったら楓のもとへ行けるのか……

楓が入院して二週間、全くと言っていいほど桔梗は楓のところに行けないでいた。

仕事が忙しいのはしょうがないのだが、大切な恋人が痛い思いをしながら一人で過ごしているのは、桔梗にとってとても耐え難いことだった。

「今日はしょうがなくても、明日は十八時までに一旦会社を出る。仕事は持ち帰りでするから、そのようにスケジュールを組んでくれ」

「……はい、承知いたしました」

「よろしく頼むよ。それじゃあ会議に向かおうか」

資料を手に取り、黒い革靴の靴音を廊下に響かせながら二人で会議室に向かう。

途中、ふと山下を振り向くと、山下はなぜか一瞬だけバツの悪そうな顔をしてスッと視線をそらした後、こちらを見た。

「どうかしたか？」

「いえ、すみません。大丈夫です」

そう言ったきり、山下は一言も喋ることなく桔梗の後ろをついてくる。

不自然な山下の様子が気になり、しばらく様子を見ていたが、仕事ぶりはいつも通りで、その後の態度にも変わりはなかった。

だからすっかり見落としていたのだ。山下が誠一郎の元秘書であることを。


翌日、桔梗が出勤すると、山下が一目散に走ってきて勢いよく頭を下げた。

「部長。申し訳ありません！　今日のスケジュールなんですがうまく調整できず……。十八時から社長の代理で取引先のパーティーに出席してもらうことになりました」

顔を上げた山下はいつもと同じ顔をしているが、すぐに目をそらす。

昨日の態度といい、疑問に思った桔梗は、山下の肩に手を置き静かに問いただした。

「山下くん。どうしたんだ、最近の君はおかしいぞ」

「すみません、どうしても調整がつかなくて」

「そうは言うが、有能な君が、ここまで私の意思を無視したスケジュール調整をすることは今までなかった。……それに、最近の君は私となかなか目を合わせてくれないな。何か……言えないことがあるのか？」

「そ、それは……」

山下は言いにくそうに下唇を噛む。桔梗は大きな溜息を一つ吐いた。

「君が言いたくないならいい。ただ……私は君を仕事上の大切なパートナーとして信じているからな。そんな君に信用されていないと思うと……さすがにこたえるな」

「違います、部長！　これは社長がっ」

「父が……？」

山下は慌てて手で口を塞いだが、時すでに遅し。

桔梗は凍てつくような目で山下を睨んだ。

「山下くん。知っていることを全て話しなさい」

「……社長から、部長の予定を知りたいと……直接私に連絡が来ました」

山下は瞼を閉じ、観念するかのように話し出した。

「部長に許可をいただいてからとお断りしたのですが、社の命運がかかっているからと押し切られてしまい……その、申し訳ありませんでした」

「君はスケジュールを教えただけなのか？」

「いえ……スケジュールをメールでお送りした後、社長から部長の予定の空白を全て埋めろと指示がありました。夜の会食や急な出張が多かったのもそのせいです」

「そうか。君を父の我儘に付き合わせてしまって申し訳なかったな。これまでのことは気にしなくていい。……すまないが、午前中の予定は全てキャンセルにしてくれ。父のところへ行ってくる」

俯き、落ち込む山下の背中を優しくポンと叩くと、桔梗はコートも脱がぬまま足早に社長室に向かった。

「父さん、入りますよ」

桔梗はあえて「父さん」と呼び、ノックもせず、社長室の扉を壊す勢いで開けた。

「……なんだ騒々しい。お前は挨拶もできんのか」

社長室には、眉間に皺を寄せた誠一郎が、黒い本革のエグゼクティブチェアに足を組んで座っていた。

「山下から聞きました。どういうことか説明してください」

「なんのことだ。私は何も知らん」

「……しらを切るつもりですか。私の予定を勝手に聞き出し、空き時間を全て埋めるよう指示しましたね。なぜです！」

——ダンッ！

桔梗は誠一郎に詰め寄り、思い切り両手を机に叩きつけた。

誠一郎は桔梗の顔を下からじろりと睨むと、やおらネクタイを掴み、力一杯引っ張った。

自ずと桔梗と誠一郎の顔が近づく。

「なぜかだと……お前はわからんのか。楓と離すために決まっているだろう。……いい加減目を覚ませ、桔梗。お前はこの会社を継ぐ人間なんだぞ！」

「なら私はこの会社を継がなくても構いません。血筋が大事だというなら、跡取りは分家の方にでもお願いしてください」

桔梗はひるまず淡々と言い返す。流れるような動作で、引っ張られていたネクタイを片手で振り解いた。

「とにかく、父さんの代わりばかりのパーティーや会食にはもう出席しません」

「はぁ……お前は昔から頑固だったな」

誠一郎は片手を額に当て、呆れたように息を吐いた。

「わかった。なら、お前にチャンスをやる。……楓との交際を認めてほしければ、死に物狂いで働け。橘の後ろ盾を得ずとも、お前一人の力で望月を引っ張っていくことができるんだと証明しろ。それができるなら、快くお前と楓が結婚し番になることを認めよう」

「父さん……」

桔梗は声を詰まらせた。

『家を捨ててもいい』と病院で伝えた時に、楓が真剣な表情で「桔梗様はそれでいいんですか」と言ってきた姿を思い出したからだ。

楓を守れれば、自分のことなんか心からどうでもいいと思っていたのだが、家族を失くした楓の気持ちを考えていなかった、自分の感情だけで動きすぎていた――と、今はじめて気づいたのだ。

――父に認めてもらえたほうが、楓も嬉しいだろう。……それなら私が頑張るだけだ。

「わかりました。本当に認めてくださるんですよね？　なら、やりますよ。どんなことでも」

「なら桔梗。アメリカに行きなさい。出発は明日、帰国は一月下旬を予定している」

「アメリカ？　どうしてそんな急に……」

「今、うちとアメリカのファード社の提携の話が出ている。まあ視察みたいなものだ。お前の他にも何人か行く予定だから、行って勉強してこい」

「……わかりました。では帰国したら、改めて楓と一緒に結婚の挨拶に伺います。その頃には楓も退院しているでしょうし」

「あぁ、わかった」

こうして桔梗のアメリカ行きは決まったのだった。

アメリカへ行く前に、ひと目でいいから顔を見たくて夜遅くに訪れた病院で、楓がヒートを起こしている姿を見た時は肝が冷えた。

しかし、これでしばらくはヒートは起こらないだろうと思うと、少しだけホッとしたのも事実だった。

翌日。出張は桔梗を入れて六人で行く予定だったが、急な参加だったため、桔梗と部下の一人は別の便に乗ることになった。

そして問題はこの後、到着した空港のロビーで起こったのだ。

「部長、お荷物お持ちします！」

「ありがとう。だけど自分の鞄は自分で持つよ」

声を掛けてきたのは営業部二年目の高橋(たかはし)だった。高橋はまだ二十代前半と若く、本来ならばこの出張に同行するメンバーではなかった。だが彼の父親が取引先の役員――いわゆるコネで入社したため、異例ではあるが抜擢され、今回の出張に同行することになったのだ。

「俺、部長に憧れてるんです！　少しでもお役に立ちたくて！」

「……はぁ、わかった。お手洗いに行くから、その間鞄とスーツケースを預かってくれるか？」

「もちろんです！」

笑顔で両手を差し出す高橋に、黒のスーツケースとレザーのブリーフケースを手渡した。


時間にして、ほんの五分ほどのことだった。大人と言えど、一人見知らぬ異国の空港で待つのは不安だろうと急いでお手洗いを済ませ、高橋のもとへ戻った。

しかし高橋は、なぜか床に這いつくばって何かを拾い集めている。

「高橋。どうしたんだ……？」

「ぶ、部長……。どうしよう俺……。あの、ほんとすみません、すみません！」

顔を上げた高橋が、泣きそうな顔で何かを握りしめている。

よく見ると、黒や銀色のガラスの破片や部品のようなものがいくつも床に散らばっていた。

「これは、一体なんなんだ？」

「あのっ、部長の鞄から携帯の着信が鳴りやまなくて……。会社からだったら急がないとって思って」

「鞄を開けたのか……？」

「はい、すみません！　そしたら携帯を床に落としてしまって、通行人に踏まれて粉々に……。本当にすみません！」

高橋の両手には見覚えのある黒い物体。それが桔梗の私用の携帯だと気づくのに時間は掛からなかった。

「おい、高橋。嘘だろ……」

ひたすら床に座ったまま謝り続ける高橋を前に絶句するしかなかったが、いつまでもここにいるわけにはいかない。直ることはないとわかりつつも、画面が粉々に割れ、内部の基盤が折れ曲がって塗装も剥がれている携帯を鞄にしまった。

「まあいい。仕事用の携帯は無事だから。とりあえず急ぐぞ」

――楓に連絡がつかないのはまずいな。あとで家に電話して、田中に楓の番号を聞くしかないな。

そう思いながら仕事に向かったが、夜になって自宅に電話をかけると、田中はいつものように冷静な声でこう告げた。

「桔梗様、申し訳ありません。古森くんの番号を教えることはできません」

「……なぜだ？」

「誠一郎様に、古森くんの情報を桔梗様に伝えるな、と言われています。ご期待に添えず申し訳ありません」

「もういい。病院に電話して取り次いでもらうだけだ」

「それも、おそらく病院側に拒否されるかと……」

「……！　あの人はそこまでするのかっ！」

田中との通話を一方的に切ると、桔梗はホテルの自室で電気もつけず一人項垂（うなだ）れた。

この時点で楓への連絡手段は完全に断たれた。今、楓をそばで守ってくれる人は誰もいない。

「どうか、無事でいてくれ……」

ただただ、祈り続けるしかなかった。


アメリカにいる約一か月の間、桔梗は何度も病院や田中に電話をした。

だが、どちらも決まって「教えることはできない」の一点張りだった。

もちろん誠一郎にも連絡したが「死に物狂いで働く約束をしたからには連絡はとらせない」と一方的に通話を切られてしまった。

誠一郎との約束通り、それこそ死に物狂いで働いたおかげで、桔梗が帰国できることになったのは当初の予定の一日前だった。

アメリカでの仕事最終日、他の仕事仲間が帰国に備えて早めにホテルに戻る中、桔梗はひとり空港に向かっていた。

持っていた飛行機のチケットをキャンセルし、運よく空席が出た便に乗ることができた。

――あとは楓を迎えに行くだけだ。

帰りの飛行機、張りつめていた気持ちが途切れた桔梗はホッとして、ぐっすりと泥のように眠った。

無事日本に着き、空港からタクシーに乗った時だった。

「すみません、この病院まで急いでください」

「わかりました。……あれ？　お客さん、もしかして望月自動車の息子さん？」

振り向いた運転手が、じろじろ桔梗の顔を覗き込む。

「はい……そうですが」

「あぁやっぱり！　ご婚約おめでとうございます！」

――婚約？　どういうことだ？

急に無言になった桔梗に、運転手はニュースで見ましたよ、と嬉しそうに話を続けた。

桔梗は急いで社用携帯で自分の名前を検索した。

ネットニュースのトピックスには「望月自動車御曹司と橘議員長女が婚約」の文字。桔梗の写真と橘議員の長女・美由紀の写真が並べて載せられている。記事の日付は昨日だった。

桔梗の背筋に嫌な汗が流れた。


タクシーの運転手に無理を言い、法定速度ぎりぎりで車を走らせる。

そして病院に着いたのは、夕日が沈む頃だった。

スーツケースを投げ捨て、楓の病室まで走る。

途中、走らないでくださいと看護師に注意された気もしたが、それを気にする余裕はなかった。

楓の病室が見える。

この時間、きっと楓はベッドに座って刺繍をしているだろう。

そう願いを込めながら病室の扉を勢いよく開けた。

「楓……？」

がらんとした暗い部屋。そこには誰もいない、というより、誰かがいた気配もなかった。

「あのっ！　ちょっと……！」

呆然と立ち尽くしていると、後ろから大声が聞こえた。

振り返ると、病院職員の女性が息を切らしてこちらに走って来るのが見えた。

「ちょっと！　なんなんですか！」

「おい！　ここにいた古森楓はどこに行った！」

桔梗は必死の形相で女性の肩を掴んだ。桔梗のあまりの勢いに女性は一瞬たじろいだが、何かに気づいたような顔をして「あっ！　ちょっと待っててください」と言ったきり、走ってどこかへ行ってしまった。

「あなた！『桔梗様』ですね？　私、楓くんとここで仲良くなった上田です」

女性は封筒とハンカチを手に戻ってきた。それを聞いて、座り込んでいた桔梗は立ち上がり頭を下げた。

「先ほどは申し訳ありませんでした。楓と仲良くしてくださったんですね。……それで、楓は？」

「……楓くんは、今日の午前中に退院しました。……一人で」

一番恐れていた答えだった。

あのニュースを流したのはおそらく誠一郎だろう。いくら望月自動車が大企業でも、あくまでも一会社員と議員の娘の婚約がこんな大きなニュースになるのは不自然だ。

――なぜ私はこうなることを予測できなかったのか。楓は、あの子は今一人でどこにいるのか。

そう考えただけで心が押しつぶされるようだった。

「あっあの、これ楓くんからお願いされてて。退院する前に『もし桔梗様に会うことがあったら渡してほしい』って……」

その封筒とハンカチを受け取ると、上田は「こちらに椅子があるのでゆっくり読んでください」

上田は、小花柄の封筒と白いハンカチをそっと桔梗に差し出した。

と、談話室に桔梗を案内した。

「楓くんが今どこで何をしているかはわかりませんが……。私の知る限り、楓くんはあなたのことを恨んだりしていませんでしたよ。最後まであなたが幸せになることを考えていた、とってもいい子でした」

「……そうか。教えてくれてありがとう。ゆっくり読ませてもらいます」

上田が去った後、誰もいない談話室のソファに座った。

緊張でしっとりと汗をかいた指先で、ゆっくりと封筒から手紙を取り出す。

――楓はどんな気持ちでこの手紙を書いたのだろうか。寂しかっただろう、悲しかっただろう
……

そう考えるだけで、心臓がきゅっとなり苦しくなった。

でもこの手紙は読まなければならない。桔梗は一度深呼吸をして、手紙を開いた。

『桔梗様へ

この手紙を読んでくださっているということは、病院まで来てくださったのですね。

まず、こんな形で去る僕をどうか許してください。

優しくて温かい桔梗様。

施設にいた時。幼い頃の僕は心も体もとても弱くて、毎日がとても苦しかったことを覚えています。

虐められたり、邪険にされることはとても悲しかったけど、それよりもそういうことに慣れていく自分のことが嫌いで、苦しかったのです。

初めて施設から望月のお屋敷に向かったときのことを今でも思い出します。

車の中で緊張する僕の手を、ぎゅっと握って微笑んでくれたこと。

あの時の桔梗様の優しい笑顔と温かい手に、今までの自分が許されていく気持ちになったのを忘れたことはありません。


それから今日まで、僕はずっと幸せでした。

勉強できる楽しさや、刺繍の素晴らしさを知ることができました。

優しい仲間と働ける喜びを知ることができたのも、望月のお屋敷に来れたからです。

そして何より、もう僕は自分のことが嫌いじゃないのです。

それは桔梗様、あなたがいてくれたからです。

あなたは僕の全てでした。あなたを想えば想うほど、僕の体に力がみなぎるようでした。

どうか、今度は桔梗様が幸せになってください。
遠いところから桔梗様の幸せをずっと祈っています。

楓より』

桔梗は息をすることも忘れて、手紙を一字一句漏らさぬように読んだ。
最後の一文字を読み終わった後、手紙に添えられていたハンカチをそっと広げた。
ハンカチには、オレンジ色のカランコエの花の刺繍が丁寧に施されている。
カランコエの花言葉は『たくさんの小さな思い出』『あなたを守る』。
その意味に気づいた桔梗は、手紙とハンカチを抱きしめながら嗚咽を漏らした。

第五章

楓は病院を出た後、銀行で貯金を下ろせるだけ下ろし、駅に向かっていた。

特に行く宛もないので、以前から行きたいと思っていた、自分の両親が生まれ育った街に行くことにしたのだ。

生前の母が何度も話してくれた、緑が多く自然豊かな両親の故郷に行けば、この悲しい気持ちも癒されるかもしれないと思ったのだ。


目的地は東京から電車を乗り継ぎ二時間半。初めはそれなりにいた乗客も、目的地が近づくにつれてだんだん減っていった。一つの車両に乗客は二、三人しかいない。今から行く場所がいかに田舎なのかを示しているようだ。

久しぶりの電車の揺れは、長い入院生活で体力が低下している楓にとって、眠りを誘うゆりかごのようだった。

車両の端っこの席に座り、ボストンバッグを抱えてうとうとしていると、電車のアナウンスが目的地の場所を告げた。

驚いて飛び起きると、ちょうど電車の扉が開いた瞬間で、楓は慌てて近くの扉から駆け降りた。

「うわぁ……ここは何にもないなぁ」

改札を出ての第一声がそれだった。

両親から故郷の話は聞いていたものの、実際には一度も来たことはなかった。だが、木造の駅舎や緑一面の田園風景は母から聞いていた通りで、その風景を見た途端、一気に不安と期待で胸が苦しくなった。

「もう、引き返せないんだ……」

——ここで自分の力で生きて行かなくちゃいけないんだ。

「とりあえず住むところと働くところを探して……あと携帯も、これは解約しないと」

楓は鞄のポケットに入れていた携帯を取り出した。鳴らない携帯を待つ日々は苦しく、できるだけ見ないようにしていた。本当は銀行に行った後にすぐ解約するつもりだったが、「もしかしたら連絡があるかも……」と、携帯ショップに向かう決心がつかなかったのだ。

「とりあえず、街のほうへ行って働けるところを探さないと。じゃないと家借りられないし……」

楓は携帯をボストンバッグの奥の方へ入れ込み、視界に入れないようにした。

駅員にこの辺りで働けそうな場所を聞くと、駅員は困った顔をしながら、商店街がある場所を教えてくれた。

「ご丁寧に地図までありがとうございます」

「いや、それはいいんだけど……ここら辺は見てわかる通り凄い田舎だし、人口も減っているからあまり期待しちゃだめだよ」

「それでもここがいいんです」

駅から商店街までは歩いて二十分ほど。駅員が言った通り、東京の栄えている商店街とは程遠く、人はまばらで、中にはシャッターが閉まっている店もあるほどだった。

「確かに、東京とはずいぶん違う。僕でも雇ってくれるところがあるのかなぁ……」

——でも、やるしかないんだ。

楓は、ボストンバッグをぎゅっと握りしめ、一軒一軒雇ってくれるかどうか店を訪ねた。

だが、店のほとんどは小さな個人店で「人を雇う余裕はない」という返事ばかりだった。

そればかりか、東京から鞄一つで来たという楓のことを不審がる店主もいて、半ば追い出されるように断られることもしばしばだった。髪の色や目の色について言われることもあった。

「うーん、さすがにこれはどうしたら……」

ほとんどの店で断られた楓は、商店街の出口で座り込んでいた。

初めは無料の求人情報誌を探そうとしたが、コンビニすら見当たらなかったのだ。

田舎だとはわかっていたが、それでも働くところくらいは見つかるだろうと思っていた楓は途方に暮れていた。

「うーん……この場所以外に働けるところ、あるかなあ……」

「えっ……渚(なぎさ)ちゃん!?」

立ち上がり、歩こうとした楓の後ろから、驚いた声が聞こえた。

「え……?」

振り向くとベージュのパンツに黒いニット、そしてピンクのエプロンを着けた細身の女性が、目を見開いてこちらを見ている。

「あの……？」

「渚ちゃんじゃない……？　えっ、じゃあ渚ちゃんの子ども……？」

女性は困惑した表情で楓に近づくと、突然楓の腕を思い切り掴んだ。

「えっと、人違いだと……僕の名前は渚じゃありませんし、僕の両親も渚じゃないです、純一と結衣です！」

掴まれた腕を振りほどきながら叫ぶと、女性はハッと我に返った顔をして一歩後ろに下がった。

「驚かせてしまってごめんなさい、あなたが私の昔の友人にそっくりで……思わず声をかけてしまったの。……怪我はしてないかしら？」

「いえ、大丈夫です……あの、それじゃあ、僕はこれで」

頭を軽く下げその場を後にしようとする楓に、女性は慌てて声をかけた。

「ねえ！　あなたそんな荷物持ってどこ行くの？」

「行き先はまだ……僕ここに来たばかりで、働くところと住むところを探しているんです」

「そうなの？　じゃあ、とりあえずうちに来てお茶でも飲んでいって！　驚かせてしまったお詫びもしたいし」

突然の提案に楓は驚いたが、女性はお構いなしに話を進め、あれよあれよという間に楓のボストンバッグを持って歩いて行ってしまった。

後を追うようにして辿り着いたのは、先ほど声をかけて回った商店街より一本奥の道にひっそりとある店だった。

「花屋さん……？」

「そうよ！　あっ私ったら自己紹介もまだだったわね。私の名前は糸永みすず、ここの店主です。みすずさんって呼んでね！」

笑顔でハキハキ話す彼女のエプロンには「フラワーショップＩＴＯＮＡＧＡ」と書かれている。

「あっ、僕の名前は古森楓です。東京から来ました。ここは両親の故郷で……」

「えっ……古森……？」

みすずは楓の名前を聞いた途端、指先で顎のあたりを触りながら考え込んでいるようだった。

「あの……みすずさん？」

「あっごめんなさい。楓くん、って呼んでいいかしら？　とりあえず中に入って。お昼まだ食べてないでしょ？　よかったら食べてって」

みすずは楓を押し込むように店の中に招き入れると、二階の部屋に案内した。

どうやらこのフラワーショップＩＴＯＮＡＧＡは一階が店になっていて、二階と三階がみすずの自宅になっているようだ。

みすずは楓に「ちょっと待ってて」と言うと、おそらくキッチンがあるのだろう隣の部屋に入って行った。

一人残された楓は、部屋の隅に置かれていた座布団を一つ借りると、畳の上にそれを置き、正座した。

望月の家は洋館だったから和室はほとんどなく、その前にいた施設も洋室にベッドだった。だから畳も座布団もしばらく縁がなかったが、楓が小さい頃両親と住んでいた家は木造の古いアパートで、畳にちゃぶ台を置いて生活していた。その時のことを少し思い出した。

楓が座布団の端を触りながら感傷に浸っていると、いい匂いと共に部屋のふすまが開いた。

「楓くん、お待たせしました。簡単なものだけど、よかったら食べてね！」

「あっ、お気遣いありがとうございます。とても美味しそう……」

出されたのは、出汁のいい香りがする親子丼と、具だくさんの味噌汁だった。

味はどれも家庭的な美味しさで、楓は久しぶりに母の料理を味わったような気分になった。

そして、あっという間に食べ終わり、食後のお茶を二人で飲んでいる時だった。

みすずが楓の顔色を窺い、言いにくそうに話を切り出した。

「楓くんのお父さんのお名前って、もしかして純一？」

「はい、そうですけど……」

「お母さんの名前って……飯田結衣？」

「……えっ、なんでそれを……!?」

思わず湯呑を落とし慌てふためく楓に、みすずはクスクス笑いながら布巾を差し出した。

「やっぱり。さっき『僕の両親の名前は純一と結衣です』って言ってたから、もしかしたらと思って。あのね、私はあなたのご両親の同級生なの」

「同級生……？」

「そう、高校のね。お母さんとはクラスが一緒だった時もあるわ。といっても卒業してから一度も会ってないけど……ご両親は元気にしてる？」

楓の過去も、両親の事故のことも知らないみすずは、空いた湯呑にお茶を注ぎながら楓に尋ねた。

「父と母は……亡くなりました」

楓は言いにくそうに伝えると、飲んでいたお茶をちゃぶ台に置いた。

「父が事故で亡くなって、母もそのあとすぐに病気で……。他に身内はいなかったので、そこからは施設に入って……。中二の時、助けてくださった方がいて、その後はそこのお家で生活していたんですが……、そこも訳あって出て行かなくちゃいけなくなって」

俯き、頭を掻きながら苦笑いすると、しばらく黙っていたみすずが楓の両手をぎゅっと握りしめた。楓はみすずの顔を見てぎょっとした。泣いていたのだ。

「結衣ちゃんと古森くんが亡くなったの知らなかった……。ごめんね、辛かったこと思い出させちゃったね。……楓くん、私でよかったら協力できないかなあ」

「え……？」

「楓くん、働くところと住むところを探してるって言ってたよね？　この店、親から引き継いで私が切り盛りしてるんだけど、私、結婚もしてないから一人じゃなかなか大変でね。よかったらうちで働いてくれないかな？　しばらくは三階の空いてる部屋をあなたの部屋にしてもいいし！」

静かに涙を流し優しく微笑むみすずの手は温かく、優しい人なのだとわかる。

みすずの提案に、初めは驚いた楓だったが、思い切って手を握り返した。

「あのっ、住むところまでいいんですか!? 僕、頑張ります、よろしくお願いします……！」

「よし、それじゃあ決まりね。もう今日は店じまいよ！ さぁ、いるものを買いに行きましょう！」

みすずは涙を拭うと勢いよく立ち上がり、箪笥(たんす)の上に置いてあった車の鍵を手に取った。


フラワーショップＩＴＯＮＡＧＡから一番近くのショッピングモールまでは、車で四十分ほどかかる。

その間、みすずと楓は色んなことを話した。他愛のない話から、両親の高校時代の話、それと自分の性別についても……

「あの、本当に迷惑かけてしまうかもしれないですけど……いいんですか？」

車に乗る前、楓は、自分の第二の性別がオメガだということをみすずに告げた。ヒートがあるオメガはやはり働きにくいし、偏見を持つ人もいる。だから、もしこれで断られてしまっても楓は諦めるしかないと思っていたのだ。

「いいよ、私ベータだからよくわかんないけど、『ヒート』の期間になったら部屋に籠るんでしょう？ そんなの、大変なんだからゆっくり休んでなさいよ！」

だが、みすずは顔色一つ変えずに「そうなんだ、別にいいよ。それより早く車乗って！」と言うだけだった。

車内でヒートのことや、病院に行かなければならないことがあると伝えても「大丈夫、病院行くときは甥っ子呼ぶから！ いつでも言って」と楓の肩を叩きながら笑うだけで、そんなみすずを見ていると、楓も不思議と前向きな気持ちになっていった。

ショッピングモールは、都会のデパートに比べるとだいぶ店の数は少なかったが、必要なものは一通り揃えることができた。

バスタオルやコップなどの細々とした日用品を買うのは、量も多く、思ったより大変だったが、みすずのサポートのおかげでスムーズに購入することができた。

服も、入院時にバッグに入っていた一着しかなく困っていたところを、みすずが楓に似合いそうなものを見繕ってくれたから、この冬は服に困ることはなさそうだ。

「みすずさん、何から何までありがとうございます。僕、服あんまり買ったことなくて……。助かりました」

「いいのよ、私も結婚して子どもがいたらこんなんだったのかなー、って楽しかったわ！」

ショッピングモールにあるフードコートで、二人はジュースを手に一息ついた。

四人掛けのテーブルに向かい合って座り、空いている席に荷物を置いたが、買った物で溢れかえっている。

「それにしても、服だけでよかったの？　靴も今履いてるスニーカーしかないんでしょ？」

「大丈夫です！　今は節約したいですし……それにこの靴、気に入ってるんです」

楓が履いている靴は、一年前のクリスマスに桔梗がプレゼントしたものだ。薄いベージュのスニーカーには、タンの裏側に〝桔梗から楓へ〟の意味の『K to K』と刺繍されており、楓の一番お気に入りの靴なのだ。

「そうなの……。でもお気に入りならなおさら必要ね！　楓くん、覚えておいて。花屋は結構重労働だし、汚れることもしょっちゅうよ。だから……私がプレゼントしちゃう！」

「えっそんな、申し訳ないです！」

気にしないで、と言うみすずは飲んでいたジュースを勢いよく飲み干すと、ウキウキと立ち上がった。

みすずが選んでくれたのは、シンプルな黒のスリッポンだった。

「これならごしごし洗っても大丈夫そうでしょ。……大切な靴は汚れないように大事にとっておきなさいね」

「はい、ありがとうございます……」

楓はみすずからプレゼントされた靴を大事そうに受け取ると、そっと微笑んだ。

――僕は、もう大丈夫。桔梗様に貰った靴は大切な思い出として取っておこう。明日からみすずさんに貰ったこの靴を履いて生きていくんだ。

楓は持ってきていたボストンバッグから携帯を取り出した。

「みすずさん、最後に携帯ショップに寄りたいんですが、いいですか？」

「いいわよ、確かここにもあったと思うけど……携帯がどうしたの？」

「これ、解約しようと思って。僕はもうこの携帯を持てないから……」

――これを手放せばもう本当に会えなくなる……

楓は最後に携帯をぎゅうっと胸のあたりで抱きしめると、覚悟を決め携帯ショップに向かった。

初めは解約だけするつもりだったが、みすずの「仕事で必要になる」という助言もあり、番号を変えて新しく携帯を買いなおすことにした。

「楓くん、本当に番号まで変えてよかったの？　友達とか知り合いの人とか困るんじゃない……？」

帰りの車の中、みすずが心配そうに聞いたが、楓は静かに首を横に振った。

「いいんです、これで……」

助手席から見える夕焼け空はとても綺麗で、楓の悲しい気持ちを受け止めてくれているようだった。

どこかすっきりした気持ちで、楓はいつまでも流れる風景を見つめていた。

みすずの仕事を手伝い始めて一か月が経った。

生花店は朝がとても早い。お屋敷で使用人の仕事をしていた楓でも、この寒い時期、早朝五時に市場に行くのは、体が慣れるまで大変だった。

市場から帰ってきても休む暇はなく、開店の九時までに簡単に朝食を済ませると、仕入れた花に湯揚げや水揚げの処理をし、店内ディスプレイの準備をしなければならなかった。

仕事を始めたばかりの頃、この大変な仕事をみすず一人でこなしているのが不思議で、どうやって仕事をしているのか聞いたことがあった。

「えっ一人じゃ無理よ、この仕事」

みすずはさも当然かのようにそう言った。

「じゃあ今までどうしてたんですか？」

「親から引き継いだのはつい最近なのよ。楓くんが来るまでは大学生の甥っ子がバイトで手伝ってくれてたんだけど、今は試験勉強期間らしくてね。その後友達と旅行、って言ってたから二月の終わりにはまたバイトに来るわよ。本当、楓くんが来てくれてよかった」

そう言って笑うみすずの顔を思い出していた。

——そういえば、もう二月の終わりだけど、甥っ子さんはいつ来るんだろうなぁ……？

ぼんやりとそんなことを考えながら花の水替えを行っていると、いきなり店の入り口が開いた。

驚いて振り向くと、そこには若い男性が立っていた。

背は桔梗ほどではないが高めで、がっしりとした男らしい体格をしている。茶色い短髪をセンター分けにして、きりっとした眉毛が印象的な美青年だ。

「あっすみません、まだ開店してなくて……」

「……」

「あの……？」

慌てて謝ったが、彼からの返事はない。戸惑っていると、彼は目を見開き、ずんずんとこちらに近づいてきた。

「ちょ、ちょっと……？」

「好きです!!」

男性は叫ぶように告白すると、楓の両手をぎゅっと力強く握りしめた。

「……えぇっ？」

楓は驚いて後ろに下がったが、彼は気にせず、しつこく迫ってくる。

「一目惚れしました！　こんなに綺麗な人は見たことがない、君は地上に舞い降りた天使か？　それとも女神なのか？　なんて美しいんだ、美しすぎる……」

「……や、やめてくだ、さい……」

恐怖を感じた楓は、その場にへなへなと座り込んだ。それに彼も驚いたのか慌てて手を放し、一歩後ろに下がった。その時だった。

「こぉぉら!!　なにやってんのあんた！」

「っ！　痛ってー……」

ゴン、と何かがぶつかる音がした。びっくりして顔を上げると、青年が頭を抱えて床にうずくまっている。彼の近くにバケツが転がっていて、さっきの音はみすずがこれを彼に投げつけたのか、と理解した。

「あんた、バイト復帰早々なにナンパしてんのよ！」

「ちょっと痛いよ、みすずちゃん。だってさ、しょうがないじゃん。久々のバイトでさ、ドア開けたら俺のタイプど真ん中の超かわいい子が目の前にいるんだもん……」

涙目でそう答える彼に、みすずは両腕を組んでくどくど説教している。

その様子を呆然と眺めていると、みすずは座り込んだ楓の方を見て、立てる？ と手を差し伸べた。

「ごめんね、びっくりしたでしょう。こいつは糸永和真。うちでバイトしてくれてる私の甥っ子よ」

「驚かせてごめんね。糸永和真、大学二年生の二十歳です！ これからよろしくね……」

和真は床に座りなおすと頬を赤く染め、頭を掻きながら楓に握手を求めた。

「えっと、一か月前から住み込みで働かせてもらってます、古森楓です。こちらこそよろしくお願いします、えっと……和真さん？」

そう言いながら両手で握り返すと、和真の顔は湯気が出そうなほど赤くなり、「無理……」と言いながら視線をそらした。

「ダメだ、めちゃくちゃ可愛い！ そんなキラキラの目で見ないで……」

そう言いながらなかなか手を離してくれないことに楓が困っていると、和真の後ろに立っていたみすずが彼の頭を思いっきり引っ叩いた。

「一体いつまで手、握ってんのよ！ ほら仕事、仕事！」

「わかった、わかった。働きますよ……痛いから叩くのやめてよね、みすずちゃん」

和真は楓がこけないよう背中に手を添えながら立たせると、耳元でぼそっと呟いた。

「あのさ、重い物とかは俺に任して？ 楓ちゃん細いからさ……心配になる」

顔を赤くさせながらそう言うと、バケツを持って逃げるように出て行ってしまった。楓はその後姿をぽかんと口を開けて見つめることしかできなかった。

「どうりで！　だからあんた今日ずっと態度おかしかったんだ！」

缶チューハイ片手にみすずはお腹を抱えて笑っている。

「うっせえな……楓くんが男だとは思わなかったんだよ……女子には優しくしなきゃだろ」

仕事が終わったあと、楓を女の子だと思っていた和真が「親睦を深める」という名目で、和真を含め三人で家で食事をすることになった。その際、楓を女の子だと思っていた和真が「楓ちゃん、いい匂いするね。女子って感じ」と発言したことで、和真の勘違いが発覚したのであった。

「そんなに僕、女に見える？　髪の毛長くなったからかなぁ……」

楓は自分の髪の毛を一束掴むと困った顔をした。確かに、入院する前から切っていない髪の毛は首の真ん中辺りまで伸びきっていて、小柄な体型や柔和な顔立ちも相まってか、女性に間違われてもおかしくなかった。

「見えるよ。しかもめっちゃ可愛い。……で、気になってたんだけど、楓くんはなんでこの街に来たの？　ここめっちゃ田舎じゃん」

「それ、私も聞いていい？　今更聞いちゃいけないのかなって思ってたけど……。ご両親の故郷っていうのは知ってるけど、ここに知り合いはいないんでしょう？　これからもウチで働いてくれるなら、何があったのか知りたいわ。……あっでも、嫌ならいいのよ！」

二人は食事の手を止めると、楓のほうをじっと見つめた。

楓は言うかどうか一瞬迷ったが、みすずも和真も信頼できる人間だと判断し、ここに来る前、自分の身に起きたことを二人に話した。

「みすずさんにはお話ししたんですが、僕の亡くなった両親がここの生まれなんです。ここに来た理由は、この場所で新しい人生を始めたかったからです……。両親が亡くなって、その後は施設に行きました。中学二年生で大きなお屋敷に引き取られて、最近までそこで住み込みの使用人をしながら過ごしていました」

和真は驚き、みすずは目を伏せてじっと聞いていた。

「そのお屋敷に、いつも僕に優しくしてくれた旦那様がいたんです。使用人としてじゃなくて、本当の弟のように接してくれて……」

「助けてくれたって人のこと？」

「はい……。その人はアルファで、僕はずっとその人が好きだったんです。僕はベータだし、使用人だから、その気持ちが実るとは思っていませんでした。……でも、三か月前に実は自分がオメガだってわかって、しかもその方とは『運命の番（つがい）』だったんです」

「……えぇ!?」

みすずが部屋中に響くほど大きな声をあげた。

「ちょっと待って！　頭パンクしそうなんだけど……途中でオメガになって？　運命の番（つがい）が助けてくれた人!?」

　みすずは持っていたチューハイを机に置くと勢いよく立ち上がった。

　だが、飲んでいたアルコールのせいなのだろう、立ち上がった瞬間「頭痛ったー……」と言いながらその場でうずくまってしまった。

　その様子を見ていた和真は大きなため息を吐くと、渋々みすずの背中を擦った。楓も和真も何度もみすずに声をかけたが、どれだけ呼びかけても、揺らしても返事がない。

「あー、だめだ。楓くん、みすずちゃん寝ちゃってるわ。ったく、酒弱いのに……。とりあえずみすずちゃんベッドに運ぶからゆっくりしてて」

「ぼ、僕もお手伝いします！」

「いいから、いいから。大丈夫だよ」

　和真はみすずの腕を自身の首に回すと、そのまま膝の裏に腕を通しみすずを抱き上げた。

　楓はそのままみすずを抱える和真を見送った後、後悔の念に苛まれていた。せっかく楽しい宴だったのだから、別に今日言わなくてもよかったんじゃないか……。小さな罪悪感を抱いて、散らかったテーブルやキッチンを片付け始めた。

　キッチンで皿洗いをしていると、みすずを運んだ和真が戻ってきた。

「楓くん、ごめん。片付けしててくれたんだ」

　和真も相当飲んでいたように見えるが、酒に強いのだろう。戻ってくるなり、楓の隣で洗った皿をせっせと拭きはじめた。

「あの……すみません。せっかく楽しい時間だったのに重い話をして」

「俺たちが聞きたがったのにそんなこと言わないで？　……今、俺は嬉しいんだ。やっと楓くんと二人で話せる！」

そう言いながらニッと笑った。ウインクしながらピースサインをする姿が面白くて、思わず楓はぷっと噴き出した。

――和真さんに、話聞いてほしいな……

和真と一日過ごして、和真の心遣いや優しさにすっかり気を許していた楓は、誰にも言えないでいた自分の気持ちを話したくなっていた。

「あの、和真さん。よかったら話……最後まで聞いてくれませんか？」

「……！　もちろん、俺でよければ！」

テーブルを綺麗に片付けた後、楓は和真に全てを話した。桜子に殴られ怪我で入院していたこと、桔梗と番になる約束をしていたが、実は桔梗が違う女性と婚約していたこと、誠一郎に反対されたこと、桔梗の婚約が発表されたので、自分は身を引こうとここに来たことも……

途中、桔梗のことを思い出しては何度も涙ぐむ楓だったが、和真はずっと黙ったまま話を聞いていた。

「和真さん、ありがとうございました。ずっと誰にも言えないでいたから……すっきりしました！……あっもうこんな時間！　すみません引き留めてしまって」

「いや、楓くんがすっきりしたならよかった」

和真はカラッと笑い、そして不意に真剣な顔をする。

「あのさ、聞きたいんだけど……その『桔梗様』のこと、まだ好きなの？」

「はい……。でもきっともう会えません。……それでも忘れられない、忘れたくない人です」

「……そっかー……」

和真は胡坐をかきながら天を見上げた後、意を決したように楓の瞳を見つめた。

「俺、今日初めて会ったばかりだけど、本当に楓くんのこと好きなんだ。可愛いのももちろんだけど、楓くんの頑張り屋なところとか、優しいところとか……とにかく、全部君がいいんだ」

「……」

和真は力強く、けれど優しく、楓に気持ちが伝わるようにゆっくり話した。

「正直……その桔梗様がどんな凄い人だったとしても、楓くんを放ったまま泣かせるなんて許せない。だから……君が桔梗様じゃなくて俺を見てくれるまで頑張るよ」

そして、最後に楓の手の甲に小さくキスをすると優しく微笑んだ。

「俺もアルファだから。……楓くんのこと絶対諦めない」

突然の告白に呆然とする楓をよそに、和真は楓の頭を一撫ですると、じゃあ帰るね、と一言残し、帰っていった。

和真の愛しい人を見つめるような、そんな瞳。

それを思い出した途端、楓の顔が赤くなる。

――好きって……僕が女に見えたからじゃなかったんだ……

去り際の和真の香り。桔梗のシトラスのような爽やかな香りではなく、情熱的な赤い薔薇のような香り。それが和真をアルファだと証明しているようだった。

次の日から、早朝の開店準備に和真が来るようになった。

さらに、これまでは朝の仕入れのある日だけ店を手伝っていたそうなのだが、毎日手伝うようになった。

みすず曰く、楓が来る前は、早朝仕入れの時は、何度も電話をして叩き起こさないと起きないほど朝が苦手だったらしい。

だからか、みすずは「世界が終わるんじゃない!?」と和真を茶化していた。

「和真、今日から授業始まるんじゃないの……?」

あっという間に寒かった冬が過ぎ、桜が満開になる時期が来た。和真はこの春から大学三年生になるが、今日も朝から店を手伝っている。

「いいだろ、手伝ってんだからさ。この時期花屋は忙しいんだからちょうどいいだろ。――あっ、おはよう楓くん!」

和真は楓を見つけるなり駆け寄ると、楓の持っていた水と花の入ったバケツをひょいと持ち上げた。

「楓くん、そういえば今日午前中に花束の注文入ってたよね？　それお願いしていい？　ほら、楓くんセンスいいから」

「あっ、じゃあバケツ運んでから、花束作ります！」

「いいからいいから、運ぶくらい俺にさせてよ」

そう言うと、さっさとバケツを持って行ってしまった。

和真は優しい。重い物を運ぶなど、力作業の時に手伝ってくれるのはもちろん、接客で困っているとさりげなくフォローしてくれる。

好意は伝わってくるが、初対面のときのように、無理矢理手を掴んできたり、強引に迫るようなことはない。

和真の好意を素直に受け入れれば、きっともう悲しい想いをすることはないのだろう。

それでも楓には、桔梗への想いを捨てることはできなかった。

「あー……嫌われてはいないのはわかるんだけどなぁ……」
平日の午前十一時。急な休講で時間を持て余した和真は、人のいない大教室で楓の画像を眺めていた。
楓がフラワーアレンジメントの練習をしている時にこっそり隠し撮りした斜め横からの写真。少し伸びた栗色の髪の毛を一つに結び、伏せたエメラルドグリーンの瞳には長い睫毛がかかっている。白い肌や華奢な骨格も相まって、画像だけだと完全に美少女にしか見えなかった。その画像をうっとりと眺めている時だった。突然、和真の背中に衝撃が走った。

「かーずまー！　探したぞ、お前ここにいたのかよ！」

振り返ると大学の友人・岡野蓮（おかのれん）だった。同じ学部の蓮は、明るく人気者だが、調子に乗りやすいところが残念な今時の大学生だ。

「メールしたんだから返事しろよな……ってその画像なに？」

ちらりと見えた画像。気になった蓮は和真の携帯をひょいっと取り上げると、画面をまじまじと眺めた。

「おいっ勝手に見んな！　返せよ、蓮！」

「……誰これ？　めっちゃ美人じゃん！　えっ友だち？　まさか恋人じゃないだろーな……」

携帯を取り返そうとする和真を避けながら、蓮は他に画像ないのー？　と携帯の画像フォルダを探り始めた。

「やめろよ！」そう注意しようとした時、教室のドアが大きな音を立てて開いた。

「いくら使っていない教室でも、隣はまだ授業中です。それ以上うるさくするなら出て行きなさい」

教室に入って来たのはこの大学の教授・駒田洋一（こまだよういち）だった。

駒田はパソコンの入った鞄と大量の紙の資料を手に、和真と蓮をジロリと睨んでいる。

「すみません……気をつけます」

あまりの気迫に和真が頭を下げ謝ると、駒田は無言で頷き、前方の教卓に移動した。どうやら午後の授業の準備をしているようだ。

これ以上駒田の機嫌を損ねてはいけない、早く出よう。そう思った和真は小声で連を呼んだ。だが、蓮はそんな和真をよそに、携帯を持ったまま駒田のほうに走って行ってしまった。

「駒田教授ー！　これ見てくださいよ、これ！」

「うるさいです。岡野くん出て行きなさい」

「わかりましたー！　見てくれたら出て行きます！　これ和真の友だち？　恋人？　みたいなんですけど、めっちゃ美人ですよね？」

蓮の押しの強さにあきれ果てた様子の駒田は大きなため息を吐くと、突き出された携帯を横目でチラッと見た。

「ね？　めっちゃ可愛いですよね。ハーフなのかなぁ？」

「……」

「教授……？」

「……渚、なのか……」

指先が震え、資料がバサバサと机からこぼれ落ちる。

「君っ！　この子は誰なんだ！　どこにいる！」

駒田はただならぬ表情で蓮の肩を掴んだ。蓮は駒田の様子に戸惑い、肩を掴まれたまま硬直している。

「教授、その子は俺の知り合いです。……教授も知っているんですか？」

和真は慌てて二人に駆け寄ると、固まったままの蓮を駒田から引き離した。

駒田ははっと我に返ると、蓮にすまない、と言って、和真の方に向き直った。

「あぁ……。糸永くん、この子に会うことはできないか……？」

「多分、大丈夫だと思いますけど……。どうしてですか？　さすがに理由も聞かずに会わせることはできません」

「そうか……」

駒田は蓮をチラッと見ると、言いにくそうに口ごもっている。どうやら、和真以外には聞かれたくない話らしい。

——このままじゃ、埒が明かないな。

和真は蓮にちょっと待ってて、と伝えると、机に置いてあったバックパックを取った。

「教授、外でお話ししましょう」


しばらく歩いて着いた先は、駒田の研究室だった。

部屋は大学教授らしく本や資料で溢れかえっていて、足の踏み場もない。駒田はソファに置いてあった大量の本をどかすと、和真をそこに座らせた。

「午後も授業があるのかい……？」

「はい」

「なら手短に話さないといけないな。その前にまず、あの写真の子は元気なのか……？」

「……いろいろあって、今は俺の叔母の店で働いていますが元気ですよ」

「そうか、よかった……。糸永くん、今から話すことは二人だけの秘密にしてくれ。守れるか……？」

和真が真剣な表情ではい、と頷くと、駒田は安心した様子で胸元のポケットから一枚の写真を取り出した。

それを和真に手渡すと、ポツリ、ポツリと懐かしむように、愛おしむように話し始めた——


驚きが限界を超えると本当に声も出ない。

和真は駒田の話を聴きその状態を実感していた。

——それほど駒田の話は衝撃的な内容だった。

「話はここまでだ……。糸永くん、この子に会わせてもらうことはできるか……？」

駒田は縋るような目で和真をじっと見つめた。和真は駒田の話を信じ切ることはできなかったし、楓がそれを望むかどうかも気になった。しかし、彼のあまりに悲愴な表情を見ていると、だんだん可哀想に思えてきて、条件をつけることにした。

「会えるかどうか、彼に聞いてみます。ただし、楓くんが合意すること、それから必ず俺と叔母も同席させてください。それが条件です」

「わかった、糸永くん、ありがとう……」

駒田は目に涙を浮かべながら和真の手を握った。


「楓くん、ちょっといい？」

客が落ち着き始めた昼下がり。休憩時間にサンドイッチを二階で食べていると、みすずが襖を開けてひょっこり顔を覗かせた。

「和真から連絡あってね、楓くんにどうしても会いたいって言ってる人がいるから、今日連れて行ってもいいか、って」

「僕に、ですか……？」

「そう。詳しい話はわからないけど、和真と私も同席しないといけないらしいわ。どうする？　断ろうか……？　断ろうよ！」

詳しい話を聞いていないみすずは、和真の話を不審に思い、楓に断るよう勧めた。だが楓はしばらく悩んだ後、首を横に振った。

「みすずさんと和真さんも一緒にいてくれるなら安心です。……もしかしたら僕の両親を知っている人かもしれませんし、会いたいです」

「そう……。わかったわ、なにかあったら私が守るからね！」

みすずの力強い言葉に思わずクスッと笑う。

多少の心配はあるものの、楓にとって信頼できるみすずや和真が一緒にいてくれることは何よりの安心材料だった。

フラワーショップＩＴＯＮＡＧＡの閉店時間は夜八時。四月の上旬は歓送迎会や入学祝いで忙しいため、八時に終わらないこともしばしばあった。

閉店間際、いつ客が来てもわかるよう、楓はカウンターの裏で翌日の注文票を確認していた。その時だ。

「こんばんは。和真だけどー」

和真の声が聞こえカウンターから店の入り口へ顔を覗かせる。その横に、四十代くらいの男性が立っていた。

「いらっしゃいませ、えっと……」

声を掛けながら出て行くと、和真の隣にいた男性が顔を真っ赤にして楓を食い入るように見つめていた。どうしたんだろう、と内心訝しく思っていると、男性は急にポロポロと涙を流し始めた。

「やっと会えた……君をずっと捜していたんだよ」

「？　……すみません、えっと、あなたは……？」

少しの間があった後、男性は優しい声色で答えた。

「……君の父親だ。君は、私と渚のたった一人の子どもだよ」

そう言いながら優しく楓を抱きしめた。

突然の告白と抱擁に驚き、楓はしばらく抱きしめられたままでいた。

しかし、はっと我に返ると、知らないおじさんにいきなり自分の子だと言われて抱きしめられている、という異常な状況に気づく。

「や、やめてください！」

必死で声を張り上げ、慌てて駒田を突き放した。楓の顔は青ざめ、手が震えている。

――父親？　子ども？　この人は何を言っているんだ？

駒田はショックを受けたような表情をしていたが、和真に支えられて震えている楓の姿を見て、本当に申し訳ない、と何度も謝罪の言葉を繰り返した。

「え、えっと……あの、言ってる意味がわかりません。もう亡くなっていますが、僕にはちゃんと両親がいます！」

「楓くん、どうしたの!!」

楓が震えながらも話をしていると、店の裏側にいたみすずが勢いよく走って来た。おそらく楓の叫び声を聞いて駆けつけたのだろう。

額に汗を浮かべ、手には仕事で使うはさみとバケツを持ったままだ。

「あんた、楓くんに何かしたの？　離れなさい！　警察呼ぶわよ」

「みすずちゃん、違うんだ！」

「あれ？　和真？　……えっ、じゃあこの人が例の会わせたい人……？」

みすずがはさみを駒田のほうに向けながら尋ねると、駒田はみすずに向き直り、丁寧にお辞儀をした。

「夜分遅くに突然の訪問、申し訳ありません。私、糸永くんの大学で生物資源の研究をしています駒田と申します」

駒田は鞄から名刺ケースを取り出すと、その中の一枚をみすずに手渡した。

「あ、はい、和真の……大学の先生なんですね。失礼しました。それで、一体話というのは……？」

「私こそ申し訳ありません、楓さんのことで、お話が……。とても大事な話なんです、お願いします……」

駒田はひどく神妙な顔つきでみすずに懇願した。

「私はいいけど……楓くんは大丈夫？」

みすずが店先で和真に支えられながら座り込んでいる楓に聞いた。

楓もやっと落ち着いたのだろう、何度もうんうんと首を縦に振ったあと、自分の力で立ち上がった。もう、震えてなどいない。


二階の居間に楓とみすずが隣同士で座り、テーブルを挟んで楓の前に駒田、みすずの前に和真が座った。

「えっと、駒田さん。それで、お話とは……？」

どことなく重苦しい空気が流れる中、みすずが話を切り出した。

「どこから話せば……糸永くんには、ざっくりと話をしましたが。……やはり最初から順を追って話をします」

駒田は伏せていた顔を上げ、楓の顔を優しく見つめる。

その視線に、駒田の楓への強い思いを感じて――楓はどぎまぎしてしまった。

そして、微笑んでふっと目をそらした駒田が、一つ一つの言葉を選ぶように、ゆっくりと話し始めた。

「渚と出会ったのは、彼女が十八歳、私が二十三歳の頃でした。当時、私は東京の大学院生で、住んでいたアパートの近くの喫茶店でよく勉強をしていました。彼女はそこでウエイトレスとして働いていて……」

懐かしむように話す駒田の表情は、まるで初恋の人の話をしているようにキラキラとしている。

「ギンガムチェックの制服がよく似合う、グリーンの瞳と栗色の髪がとても綺麗な明るい子でした。ご両親はいなくて、おばあさんと二人で暮らしていて……故郷を離れてわざわざ東京に出てきたのも、おばあさんのために少しでも賃金のいいところを探したからなのだそうです」

「渚」という女性は誰なのだろう。その名前をどこかで聞いた気がするのだが、楓には思い出せない。

「通っているうちにわかったことですが、彼女はオメガで、働く場所がなかなか見つからなくて、相当苦労したらしいです。でも、そんな苦労を顔に出すことはなく、彼女は……渚は、花のようにいつも可愛く、優しく、明るい子でした。そんな子だからでしょうね、喫茶店のアイドル的な存在で、ファンもたくさんいました。彼女はこんな眼鏡の野暮ったい男でも、いつでも笑顔で接してくれて……好きになるのはあっという間でした」

どうして駒田は自分たちにこの話をするのだろう？

疑問ばかりだが、きっと何かあるのだろうと、とにかく話に耳を傾けた。

「そう、今でも覚えています……蒸し暑い夏の夜に、閉店まで喫茶店に入り浸っていた私が、仕事終わりの彼女を駅まで送って行った時のことです。好きだっていう気持ちが抑えきれなくなっちゃってたんでしょうね、気がついたら告白してました。玉砕覚悟で……でも、彼女も同じ気持ちでいてくれて……。『はい』の返事を貰えた時は、もう天にも昇る気持ちでした」

渚のことを思い出しながら話す駒田の目には、じんわりと涙が滲んでいる。

「付き合って一年たった頃、渚の妊娠がわかり……結婚の話も出ました。大学院を卒業したら就職して、渚と私とお腹の子と三人で生きていきたいと、本気でそう思っていました……」

駒田を横目で見つめる和真の表情は硬く、どこか悲痛に見える。

「でも……実際はそううまくはいきませんでした。……私の実家はアルファの一族で、地元では名ばかりですが名家として知られています。私はベータだったので、両親、親族には猛反対されました。結婚相手はアルファしか許さない。ましてや、血筋もわからないオメガなど言語道断だと」

実家には怒られることを覚悟で結婚の挨拶をしに行ったが、許しを得られなかったどころか性別や家のことまで言われ、渚はとても傷ついていたという。

「それで、渚さんと別れたんですか……？」

みすずが訝しげに駒田に尋ねた。

「まさか！　私は家を捨てるつもりでいました。渚がいれば私は幸せだったんだ……でも、彼女は私の前から消えました。突然、朝起きたら『ごめんなさい』と置き手紙を残して。もちろん、あらゆる手を使って捜しました。それはもう必死に。……でも、どうしても見つけられなくて……」

どこかで聞いたような話で、楓の胸はさっきからチクチクと痛み続けていた。

「わかったのは、彼女が出産後すぐ亡くなったということだけでした。詳しいことはわかりません、ただ、彼女は病気だったと……。私はせめて彼女が産んだ子どもを引き取りたいと、施設や彼女の故郷のことも調べました。しかし、手掛かりは見つからないままで、もう諦めるしかないのかと……。ですが先日、たまたま糸永くんが撮った写真を見せてもらって……」

「ねぇ！　……もしかしてその渚って……」

突然みすずがそう言って、居間の奥にある古い段ボール箱を引っ張り出してきた。もう何年も出されていなかったのだろう、表面は埃を被り、少し触るだけで手にびっしりと汚れがついた。

「あったあった！」

みすずが出してきたのは一冊のアルバム。小豆色の表紙には「卒業記念」と書かれている。

みすずはその卒業アルバムをテーブルの真ん中に置くと、「二組」と書かれたページを開いた。

「あっ、お母さん！」

楓は思わず声をあげた。

そこには黒髪おさげの少女が写っている。名前の欄には「飯田結衣」の文字。楓の母親の名前だ。

母の若かりし頃を見ることができて、思わず頬が緩んだ。嬉しくなり、父の写真もあるかと指で名前を辿りながら探していると、「市川渚」の文字を見つけた。

――この人が渚さん……？

写真を見て驚いた。そこには栗色の緩やかなウエーブがかかったロングヘアにグリーンの大きな瞳……輪郭など少しの違いはあれど、楓にそっくりな少女が写っていたのだ。

「他人の空似」というには顔立ちが似すぎているし、栗色の髪にエメラルドグリーンの瞳という珍しい組み合わせも完全に一致している。「市川渚」と楓が関係していることは明らかだった。

その時、ハッと楓は思い出した。

この街に来た日、みすずが自分に「渚」と声をかけてきたことを。

『渚ちゃんじゃない……？　えっ、じゃあ渚ちゃんの子ども……？』

そう言って腕を掴まれたのだ。

――でも――そんなこと、急に言われても……

楓がしばらく写真を見ながら茫然としていると、前からすっと駒田の手が伸びてきた。

「渚……」

同じ写真を見ていた駒田が、ポロポロと涙を流しながらその写真に触れている。しばらくして、駒田は自分の腕で涙をごしごし拭うと、真剣な顔でじっと楓を見つめた。

「楓くん、突然のことだから驚くのは当然だろう。君に、亡くなられてはいるがご両親がいることもわかっている……。だけど、君を愛して、産んだ母親が渚だってことも知っていてほしいんだ」

そう言うと、駒田は胸ポケットから一枚の写真を取り出した。大学で和真にも見せた写真。

それは、駒田がプロポーズをした日に撮った、駒田が渚のまだ目立たないお腹を優しく撫でながら、二人で幸せそうに笑っている写真だった。

「この人が、僕を産んだ、人……」

写真を見れば見るほど、渚と楓はよく似ていた。

——渚さんがお母さんなら、駒田さんは僕のお父さんってことになるんだ……

言われてみれば、駒田の細い輪郭や、まっすぐ通った鼻筋は楓とよく似ている。

「あのっ、お話はわかりました。でも、急なことで受け止めきれないというか……」

楓は、困惑を隠せずにそう言い、写真を駒田に返した。

「うん、それはそうだろう、無理に受け入れろだなんて言わないよ。ただ……もしよければ時々でいいから、君に会いに来てもいいだろうか？　もちろん君の希望を最優先するし、仕事の邪魔になるからここに来てほしくないというなら、どこにでも行く。少しの時間だけでもいいんだ……」

「ふふ……大丈夫ですよ。また来てください」

駒田の必死のお願いに思わず笑みが漏れる。駒田はマイペースで少し変わっている、という印象だったが、凄く純粋な人であることも同時に伝わった。だからなのか、また会いたいと言われても嫌な気持ちにはならなかった。今日初めて会ったばかりだというのに。血がつながっているからなのだろうか？　といっても、まだ全然信じられないのだが——

「楓くん、今日はどうもありがとう。またすぐに連絡するね」

お互いの連絡先を交換した後、楓はそのまま帰るという駒田を見送りに店の外まで出た。

外に出てすぐ、危ないからここでいいよ、と言われ、楓は立ち止まった。この辺りは夜になると人通りが一気に少なくなり、街灯りもないから確かに怖いのだ。

「いえ、こちらこそありがとうございました。正直……戸惑っていない、と言えば嘘になりますが、僕にはお父さんとお母さんが二人ずついたんだなぁって思うと、それはそれで嬉しいです。……だから、駒田さんに会えてよかったです」

　なんて、変ですかね？　と楓は正直な気持ちを伝え、笑いながら頬を掻いた。駒田は、初め楓と一緒に笑っていたが、その後、急に悲しげな表情になった。

「……楓くん。何か困っていることはないかい？」

「え、どうしてですか？」

　突然の質問に楓は思わず驚いた。何か困っていそうな態度をとっていたのだろうか？　と思っていると、駒田は言い辛そうに話し始めた。

「糸永くんから事情を聞いたと言っただろう？　その……君が運命の番と別れた話も聞いたんだよ。立ち入ったことを聞いてしまってすまない」

「それは……」

「これは私の勝手な気持ちだが、君には私や渚みたいな思いをしてほしくないんだ……事情があるんだろうけど……好きなんだろう？　相手のアルファのことが」

　楓は俯いたまま頷いた。駒田は、楓の頭を優しく撫でながら大丈夫だよ、と囁いた。

「私に君が幸せになる手助けをさせてくれ。それに……きっと相手のアルファも今ごろ、血眼で君を捜していると思うよ」

　駒田はそうだったかもしれない。けれど、もうすぐ結婚してしまう桔梗が楓を捜してくれているなど……ありえない話だ。結局、アメリカに行ったきり連絡も何もなかったのだから。

――だけど、もし桔梗様が僕を探してくれているならば……

「会いたい……。一目だけでも会いたいです……桔梗様に！」

楓はその場にしゃがみこむと、子どものようにわんわんと泣き崩れた。

その背中を、駒田は泣き止むまで静かに擦り続けた。

第六章

「えっ！　これ、楓くんが作ったのかい？」

駒田がフラワーショップＩＴＯＮＡＧＡのレジ横に置かれている花の刺繍のハンカチを手に、驚いた声を出した。

あれから駒田は、一週間毎日この花屋に来ている。朝早く来ることもあれば、仕事の合間を縫って来て、楓を一目見るだけで帰る日もあった。この日は、自分の研究室に飾る用の花を買いたいと、わざわざ朝早くにフラワーショップＩＴＯＮＡＧＡに立ち寄ったのだった。

「はい、つい最近出したばかりなんですけど……」

楓の趣味の刺繍。それはここに来てからもずっと続けていた。

ある時、楓が作った作品を見たみすずが、刺繍のハンカチを店で出さないかと提案してきたのだった。

楓の刺繍はどれも丁寧で、デザインも派手すぎずセンスがいい。

初めは自信がなく断っていた楓も、みすずの「これは商品にする価値があるよ！」という押しの強さに負け、花を購入したお客様限定で売ることにしたのだった。

「すっごく評判いいんですよ！　このハンカチが欲しくてここに来てくれたお客さんもいるくらい！」

店の奥から出てきたみすずが意気揚々と答えた。

「そうなんですか！　それはそうだろう、素晴らしい腕前だ。じゃあ私も一枚購入しようかな。えーと……じゃあ、これにする」

駒田が手に取ったのは、黄色い菜の花が刺繍されたハンカチ。

広げると四隅に小さな菜の花が刺繍されており、ぐるっと一周、緑色のレース糸で綺麗に縁どられている。

「本当に素敵だなぁ……！　楓くん、才能あるよ」

「ありがとうございます。でも、そんな可愛いハンカチ持ってたら大学の生徒さんにからかわれませんか……？」

「なーに！　その時は大切な息子の手作りだって自慢するさ」

駒田は時折、楓のことを息子と言うようになった。照れくさい気持ちもあるが、「大切な息子」と言われて嫌な気持ちにはならなかった。

「じゃあ、そのハンカチは僕からプレゼントします。大切に使ってくださいね」

楓は、駒田が注文した数本のチューリップを花束にした後、ハンカチを紙袋に入れ、赤いリボンが付いたシールをその上に貼った。

駒田はそれを受け取ると、嬉しそうに顔を綻(ほころ)ばせながら胸に抱えた。

――楓、君のいない世界は孤独で、あの日から俺の世界は真っ暗になってしまった。君は今どこにいるのか、無事でいるのか……。それが心配でならない。

楓からの手紙と刺繍のハンカチを受け取った日、桔梗は談話室で立ち上がることもできずにいた。陽は完全に沈み、廊下に人がいる気配はない。

――君は、本当に私から離れるつもりなのか……？

泣いた後のぼんやりとする頭でそんなことを考えていると、きゅっきゅっと、誰かの足音がこちらに近づいてくるのがわかった。

「あの……大丈夫ですか？」

そこにいたのは上田だった。見上げると、彼女は心配するような目で桔梗を見ている。一向に受付に戻ってこない桔梗を心配して、戻ってきてくれたらしい。

「あぁ、すみません……。私がもっと早く迎えに来れたら、楓はこんな辛い手紙を書かなくて済んだはずなのに。でも、楓に連絡を取りたくても、携帯が壊れてしまって……」

どれだけ後悔してももう遅い。胸が張り裂けそうなほど苦しく、桔梗はまた涙が溢れ出しそうになる。それを上田に見られないように片手で顔を覆った。

すると、上田が「えぇ！」と驚きの声を上げた。

「それ早く言ってくださいよ！　私、楓くんの携帯番号知ってます！」

上田は楓が退院する直前、「仲良くなった証に」と、楓に携帯の番号を教えてくれと迫っていたのだ。はじめは「解約する予定だから」と断っていた楓だが「同じオメガとして困ったことがあったら助け合いたい」と何度もお願いしてくる上田に根負けし、電話番号を教えていたのだ。

――もしかしたら、まだ通じるかもしれない……！

「携帯を！　携帯を貸してくれませんかっ……！」

それは、わずかな望みだった。

上田の携帯を借りると、震える指で楓に電話をかけた。

だが、その望みは無残にも打ち砕かれた。


「おかけになった電話番号は現在使われておりません――……」


桔梗の耳元で流れる自動音声ガイダンス。

「……ありがとうございました」

ツー、ツー、と無機質な音が流れるのを二人で聞いてから、桔梗はそっと上田に携帯を返した。

「あの、私……何も役に立てなくて、ごめんなさい……」

返された携帯を握りしめながら申し訳なさそうに俯く。そんな姿を見た桔梗は、すぐさま上田の言葉を否定した。

「違うんだ、こうなってしまったのは全て私の責任です。父親に認めてもらうことを優先して、あの子を傷つけてしまった……。楓以上に大切なものなんて何もないのに」

その言葉を聞いた途端、上田はきつく桔梗を睨みつけた。

「それなら、なんで他の女性と結婚するんですか？」

見ると、上田の目には涙が溢れ、今にもこぼれそうなほどになっていた。

「楓くん、ずっとあなたを待っていました。あなたのために足を早く治したいって、リハビリも頑張ってたのに！　酷すぎる……」

嗚咽を漏らしながらしゃがみ込んだ上田を見て、桔梗は茫然と立ち尽くすことしかできなかった。

――やはり楓も、あのニュースを見てしまったんだ……

今思えば、急な海外出張に婚約発表のニュース、そして田中や病院への根回し。全ては仕組まれていたのだ。

桔梗の中で何かがプツリと切れた。

ダンッ！　と壁を拳で殴る。

「くそっ……!!　全て父の思い通りだということか！　……絶対、絶対に楓を捜し出す」

――私は今までもこれからも、楓しか愛さない。

「上田さん、私はあのニュースになった女性とは結婚しません。私が結婚するのは楓だけです。あの子を捜すことに力を尽くします。もし何か楓のことでわかったことがあったら、ここに連絡してください」

桔梗は胸ポケットから名刺ケースを取り出すと、上田に一枚差し出した。

「お恥ずかしい話、私用の携帯が壊れてしまい、今使えるのは仕事用の携帯だけなんです。……そこに書いてある番号にかけてもらえば繋がります」

上田は泣きはらした目をハンカチで拭いながら名刺を受け取ると、うんうんと頷いた。


上田にお礼を言って病院を出る。空はもう真っ暗で、車のライトとビルの明かりがキラキラと輝いている。

ふぅと息を吐くと、冷たい風が桔梗の頬を刺した。

——こんな寒い中、楓はどこにいるんだ……

目を閉じると柔らかい楓の微笑みが浮かんでくる。頑張り屋の楓が一人でいるのかと思うと、心が痛む。だが、こうなった原因は自分にあるのだ。

——楓を見つけて連れ戻しても、また父に引き離されてしまうだろう。

「楓を捜すことがもちろん最優先だが、父のことも、婚約のことも解決しないとな……」

桔梗の目は力強い決意に溢れていた。

都会のど真ん中、地上五十階建てのそのタワーマンションは、敷地内に居住者専用のスポーツジムやライブラリーにラウンジ、高級スーパーなどが入っており、文句なしの生活環境だ。もちろん見晴らしも抜群で、夜のレインボーブリッジを観ながらシャンパンを飲むことだってできる。

そんな誰もが憧れる超高層マンションに住んでいるのは、桔梗の大学時代の先輩・山之内明彦だ。

「やあ、桔梗。こんな夜更けにこんばんは。……まあ、中に入って」

グレーのスウェットのセットアップを着た山之内はドアにもたれるようにして迎えてくれた。若干不機嫌そうな態度と嫌味っぽい言い回しは、夜遅くに突然連絡したからだろうか。

「突然来てすみません。やはり迷惑でしたか」

「そんなことはどうでもいいよ。友人ならよく泊めてるし、部屋なら余ってるからね。俺が怒ってんのは、お前が違う女と婚約して楓くんを捨てたことだから」

「捨ててなどいません！」

思わず声を荒らげるが、山之内は冷たい視線で桔梗を見るだけだ。

桔梗にソファに座るよう促すと、山之内も向かいのソファに座り煙草を一本取り出した。

「同じことじゃないの？　ったく、何が『運命』だよ。……で？　お前はこのままでいいわけ？」

ふぅと煙草をふかすと桔梗の顔に煙がかかる。

山之内はめったに怒らない。大学時代からの付き合いだが、温厚な彼がこんなに怒りをあらわにする姿を見るのは初めてだった。

「必ず楓を見つけ出します。そのためにここに来ました。……あの家に戻るわけにはいきませんし。それに、先輩に協力してほしいことがあるんです」

「……ふーん。それで？　具体的には？」

山之内はクリスタル製の灰皿に煙草をぎゅっと押し付けた。

どうやら話を聞いてくれるらしい。まだ声は冷たいが、あくまで桔梗の味方でいてくれる山之内の態度に、桔梗はホッと胸を撫でおろしていた。

父が関係しているところは信用できない今、頼れるのは山之内だけだった。

「先輩には、楓にオメガの抑制剤を出している病院を探してもらいたいんです。確かオメガ患者のカルテは第二性を扱っている病院なら見られるはずですよね？」

オメガにはやはり生活上の困難が多い。ヒートで突然倒れることもあるし、抑制剤は効き目に個人差があるため、その人に合わせて調合された薬が必要になることもある。心身の不調の陰にオメガ性が隠れていることもままある。引っ越しで病院を移ることもあるが、履歴がわからないと対応できないことも多い。そこで、第二性別科の医師は全てのオメガ患者のカルテをオンラインで照会することができるよう、法整備がなされたのだ。

「前回、先輩の病院で出してもらった抑制剤は、次のヒートまでにはなくなります。きっとそれまでには病院に行くはずです」

「わかった。……それでお前はどうするんだ？」

「私は、父のことを調べます。婚約のことで少し気になることがあって……」

　橘との婚約の話は昔からあったが、ずっと桔梗は断っていたので、話がそれ以上進むことはなかった。それが急に婚約発表まで進んでいるのはなぜか？　父の行動に桔梗は疑問を感じていた。


「おはようございます。部長、アメリカ出張お疲れさまでした」

「おはよう。あぁ、ありがとう」

　早朝だというのに、秘書の山下は会社の入り口で背筋を伸ばして桔梗を待っていた。以前、勝手に桔梗の予定を社長に教えていたことがバレて以来、罪滅ぼしのつもりなのか、山下は前にも増して甲斐甲斐しく立ち働くようになった。今日も海外出張から帰ってきた上司を気遣って早出し、出迎えてくれたのだろう。

　挨拶し、そのまま歩きながら山下に出張のお土産を渡すと、一緒にエレベーターに向かった。

「長い間、空けてすまなかったな。何か変わったことはなかったか？」

「いえ、部長の指示が的確だったので何も問題ありませんでした」

「そうか」

「あっ、でも……」

　言い淀むと、眉間に皺を寄せ、言うかどうか悩んでいる様子だった。

「少しでも気になることがあるなら言ってくれ」

「……高橋という人物は知っていますか？　部長と一緒の便で出張に行った若手です。部長のご出発の前日、たまたま社長室の前を通った時に、高橋が青い顔で社長室から出てきたんです。明らかに様子がおかしくて……。社長は、おそらく出張中の高橋に電話もしていました。内容はあまり聞き取れませんでしたが……。いくら彼が取引先の息子さんとはいえ、まだ入社二年目です。今回の出張の同行も、社長直々のご指示だそうで。なんだか不自然な動きで、気になりまして……」

二人きりのエレベーターの中、山下は桔梗の耳元に近寄ると小声でそう話した。

山下の話を聞く感じ、どうやら誠一郎は高橋に桔梗の監視をさせていたらしい。

――携帯を壊したのは、たまたまじゃなくてわざとだった……のか？

「山下くん、ありがとう。貴重な情報だ。一度高橋に聞いてみるよ」

高橋に話を聞くのが一番早いと考えた桔梗は、今日中に聞き出すことに決めた。

そしてその機会は、思わぬ時に訪れた。

午後の会議の後、三十分ほど時間に余裕ができた桔梗は、営業のフロアにある休憩所に向かっていた。

普段、休憩所に行くことは滅多にないが、いつも以上に忙しくしている山下を労うため、自動販売機でコーヒーでも買っていこうと思ったからだ。

広くない休憩所、中には二台の自動販売機と長椅子が一台置いてあるだけだ。桔梗がそこに入ると、長椅子に一人の男性が俯(うつむ)いて座っていた。

男性は桔梗が入ってきたことに気づき、はっと顔を上げる。

そこにいたのは、高橋だった。

「ぶ、部長、お疲れ様です……」

「あぁ、高橋くんも休憩かい？」

はい、と頷く高橋の顔色は青白く、出張の時のような元気さはなかった。

「高橋くん、体調が悪いのか。出張の疲れが出たんじゃないのか？」

明るく話しかけ、いつ聞き出そうかとタイミングを窺っていると、高橋は次第にガクガクと震えだした。

「高橋くん？　本当に大丈夫――」

「部長、すみませんでした!!」

高橋は立ち上がると桔梗の声を遮り、勢いよく頭を下げた。

「その謝罪は……私の父に関係あるのかな？」

「ぶ、部長は知っているんですか……？」

高橋は様子を窺うように恐る恐る答えた。

「私には優秀な部下がいるからね。……頼む、何か知っていることがあれば教えてほしいんだ」

桔梗は高橋の真正面に立ち、震える彼の両手を握り、頭を下げた。高橋は逡巡していたが、観念したのか少しずつ話し始めた。

「部長もご存じのことと思いますが、俺の親父の会社は望月自動車にお世話になってるんです。先月、いきなり社長直々に呼び出されて……今回の出張に同行して、部長のことを監視しろと……。それだけじゃないんです、ほかにもいろいろやらされて。親父の会社を守るためには社長の言いなりになるしかないって思って……。だけど、もう限界なんです！　これ以上悪事に手を染めたくないんです！」

今にも泣き出しそうなほど目を赤くして桔梗に訴える。桔梗は、彼を安心させるように力強く「わかった」と頷いた。

「……その、それで、部長とオメガの恋人を別れさせることに協力しろと脅されて……。アメリカで携帯を壊したのも社長の命令で……本当に申し訳ありませんでした」

――やはり携帯もわざとだったか……

それにしても、弱い立場の人間を脅すとは……誠一郎を許すことはできない。

「社長は……何がなんでも橘さんと部長を結婚させようとしています。詳しい理由はわかりませんが、社長はきっと優秀なアルファの血が欲しいんだと思います。社長は橘議員にお金も渡しています。親父もその接待に同席していました」

高橋は項垂れ、謝罪の言葉を繰り返し呟いた。

「高橋くん、話してくれてありがとう。君のことは守る」

「いや、もういいんです。俺は。罪を償いたいと思ってます。それより、俺は部長の人生をめちゃくちゃにしてしまって……ごめんなさい……」

「……なら、私の恋人を取り戻すのに協力してほしいんだ」

高橋は泣きそうな顔を上げ、はい、と答えた。

「じゃあ、証拠を集めて全てぶちまけてやろう」

桔梗は、高橋には今後もあえて誠一郎に従うよう指示した。そして高橋には小型で性能の良いボイスレコーダーとペン型のカメラを渡した。

こうして、桔梗と高橋が結託し、誰にも見つからないよう証拠集めをすること一か月。

ついに桔梗の私用携帯に高橋から連絡が来た。


「ここまで来てくれてありがとう。誰にも見つかるわけにはいかないから……」

時間はすでに真夜中、吐く息さえ凍りそうなほど寒い夜に、桔梗は居候している山之内の自宅に高橋を呼んだ。

「いえ、ここ部長の家……じゃないですよね」

「学生時代の先輩の家にお世話になっているんだ。彼も私の恋人を捜すのを手伝ってくれている。……入ってくれ」

部屋に入ると、山之内は部屋着姿で、湯気の立ち上るコーヒーを飲んでいた。

「いらっしゃい、桔梗から話は聞いてるよ。まぁ座ってくれ」

「あ、はい……ありがとうございます」

高橋にソファに座るよう促すと、高橋は遠慮がちに山之内の前に座った。

「さぁ、皆揃ったことだ。話をしよう」

桔梗が切り出すと、さっそく高橋が「あの……」と手を挙げた。

「部長、これを聞いてもらえますか」

高橋が出したのは、桔梗が渡したボイスレコーダーだった。再生ボタンを押すと男性の声が聞こえ始めた。

『望月さん、そちらの桔梗くんにはいつ会わせてもらえるんですかねぇ。そろそろ結納もちゃんとしないといかんでしょ』

『議員、うちの愚息が申し訳ありません。仕事が忙しいんでしょう、なかなか家にも帰ってきませんで……』

『……まさか桔梗くん、他に恋人がいるなんてことはないでしょうねぇ。そんなことじゃ、うちの大切な娘を嫁に出すわけには……わかるでしょう望月さん』

『……橘議員、これを。心ばかりでございますが……』

ガサガサと袋らしき物がこすれるような音がボイスレコーダーから聞こえた。しばらく無音の時間が流れたのち、また男性の声が、今度は嬉しそうな声が聞こえてきた。

『まぁ、これは望月さんのお心ということでいただいていきますわ。娘もまだ学生ですし、焦らんでいいでしょう。桔梗くんの仕事が一段落したら連絡してください』

『ありがとうございます……高橋くん、議員にお酌を』

そこでボイスレコーダーは途切れた。

「これは昨夜のことです。社長に急に接待に付き合うよう言われて……。秘書の方も誰もいませんでした」

「途中ガサガサ音がしていたけど、それは……？」

「中身までは確認できませんでしたが、恐らくお金かと……」

高橋が言うには、紙袋の中には桐箱が入っていて、その中身を見た途端、橘はニヤリと笑い機嫌をよくしたらしい。

「気づかれないようにするのが難しかったのであまり枚数はないですが、これも……」

高橋はペン型のカメラのデータも渡してくれた。

そこには確かに、父が橘議員に何かを渡している写真が残されていた。

「ありがとう高橋くん。これはインパクトが大きい」

桔梗は早速データを自分のＰＣに移し、万が一のためにバックアップも取った。

「山之内先輩は何かわかりましたか？」

桔梗はボイスレコーダーとカメラを高橋から受け取りながら、山之内に聞いた。

山之内はカップをテーブルに置くと息をついた。

「いや、それが何も出てこないんだ。第二性別科のほうはもちろん、内科も調べたが、楓くんはあれから一度も病院に行っていないんだ」

「……前回のヒートは十二月の中頃だった。次は早くて三月か……」

話をしながらだんだん顔色が曇っていく桔梗。もし楓がヒートになった時、近くによからぬ人物がいて危ない目に遭ったら、と考えると背筋が凍る。

「大丈夫だ、桔梗。必ず捜し出すから。それに楓くんのヒートはまだ安定していない。ということは、三月になってもヒートは来ないかもしれない」

山之内は、桔梗を安心させるように背中を叩くと優しく微笑んだ。

「先輩、ありがとうございます。……私は来月の新車発表会で父の悪事を告発します」

――これで、父は終わりだ……。でも、それでいい。

自分は冷静ではない。狂っているのかもしれない。それはわかっている。

若い高橋を巻き込んで、……いや、高橋だけではない。告発などすれば、全従業員に迷惑をかけるだろう。

でも、楓を手に入れるためなら……

桔梗の瞳は暗く輝いていた。

「本日は、望月自動車の新型〝ランスルー〟の発表会にようこそおいでくださいました！」
茶髪のロングヘアが綺麗な司会の女性が満面の笑みでそう話し出すと、暗かった会場の前方にスポットライトが当たった。
そこには黒と赤のＳＵＶの車が二台、キラキラ輝きながら並んでいる。
遂にやってきた、望月自動車の新車発表会。

数年ぶりの新車ということもあり、会場を埋め尽くすほどの記者やカメラを入れ、もちろんインターネットでも生配信している。

大音量の迫力ある音楽が流れ、左右の壁には華やかな車のプロモーション映像が流れた。

五分程度の映像が終わると会場全体の照明が点き、誠一郎が現れた。ハンズフリーマイクを付けた誠一郎は意気揚々と歩き出すと、二台の車の前で立ち止まった。

「こんにちは。望月自動車株式会社代表取締役社長・望月誠一郎です。本日はご多用の中、我が望月自動車の新車発表会にご来場くださり誠にありがとうございます。今回〝今までにないSUVを〟という従来の――……」

誠一郎が堂々たる立ち居振る舞いで車の説明をしている姿を、桔梗は会場の隅で眺めていた。

「いいか高橋くん、チャンスは記者の質疑応答の時だ。そのタイミングしかない」

「わかってます、部長……」

桔梗の胸ポケットには例のボイスレコーダーの音源。それを渡すと、高橋は誰にも見つからないよう慎重に会場を抜け出した。

誠一郎の話の後、エンジニアが車の構造を話したり、デザイナーがこだわりを説明したりと発表会は滞りなく進み、いよいよ記者の質疑応答の時が来た。

前方に長机が出され、そこに誠一郎を始め、新車に関わったデザイナーやエンジニアが座った。

その時、桔梗が前に進み出て、司会者のマイクを手に取った。

呆気にとられる司会者を尻目に、中央を堂々と歩きながら記者の前に立ち、丁寧なお辞儀をした。

――さあ、ショーの始まりだ。

「皆様、本日はお集まりいただきありがとうございます。私、望月自動車株式会社営業部長の望月桔梗と申します」

記者たちの「御曹司だ」「ああ、橘美由紀の」というさざめきと共に、何が起きるのか？　という期待のようなフラッシュが次々に焚かれる。

「おい、桔梗！　何をしている、ここから出て行け！」

後ろから誠一郎の怒号が聞こえたが、桔梗はそれを無視して話を続けた。

「本来ならば、今から記者の皆様からのご質問に答える時間ですが、少しお時間を頂きます。……まず、この資料と音声をお聞きください」

そう言うと、桔梗は手にしていたＡ４サイズの資料を記者に配り始めた。それは、橘議員が誠一郎から何かを受け取っている写真だった。あの日、高橋が撮ってくれたものだ。

記者たちがその写真を見てざわめき始めた頃、タイミングよく証拠の音声がスピーカーから流れだした。

「みなさん、私と橘議員の娘さんの婚約は、このように政略的なものです。皆様を欺くようなことをして、本当に申し訳ございません」

桔梗は記者たちに向かって深く頭を下げる。

誠一郎は立ち上がり「やめろ！」と叫び続けている。だが、ここには百人近い記者がいて、何十台ものカメラが誠一郎を捉えている。

目がくらむほどのフラッシュの数と記者の質問攻めに、誠一郎は呆然と立ち尽くしてしまった。

会場の両脇から、慌てて役員や秘書、警備員が走ってくるのが見える。

まだだ。あと一言だけ。

「私たちの間には愛情などない！　私にはほかに愛する人がいるんです！」

桔梗は警備員にもみくちゃにされながら、叫ぶように言った。

新車発表会での出来事は、大きくニュースに取り上げられた。

桔梗は、真実の愛を貫くために告発をしたヒーローとして祭り上げられた。

賄賂（わいろ）の決定的な証拠はなかったので、誠一郎と橘議員が刑事告発されることはなかった。しかし望月自動車の『お家騒動』として、マスコミをしばらく騒がせることとなった。誠一郎は「疑惑を持たれかねない行為をし、世間を騒がせた」責任を取って社長を辞任し、桔梗の婚約の話も白紙となったのだった。

「部長、会社辞めるって本当ですか……!?」

会社の地下にある書庫で資料整理をしていると、いきなり入って来た高橋が焦った様子で問い詰めてきた。

「あぁ……山下くんから聞いたのか？　本当のことだよ……と言っても引き継ぎがあるから、今すぐには辞められないが」

「俺にはおとがめなしで……部長が守ってくださったんですか……？　もしかしてそのせいで」

高橋を守れるかどうかは賭けだったが、なんとか庇うことができて桔梗はホッとしていた。

「違う。私が辞めるのは他にやらないといけないことがあるからだよ」

「それって、もしかして部長の恋人の件ですか……？」

桔梗は手を止め、高橋を見た。

「そうだ。ようやく婚約解消できたんだ。望月の家とももう関わらなくてよくなったんだから、早く彼を見つけないと。……といっても、こちらは何も手がかりがないままで……どうしたらいいのか、正直途方に暮れているよ」

資料を抱えたまま苦笑いすると、高橋は人差し指を顎にあて「もしかしたら……」と呟きながら首をかしげた。

「あの……部長の恋人って若いんですよね？」

「あぁ、十九になったばかりだが。それがどうした？」

「SNSで捜してみたらどうですか？　若い子はみんなやってるから、何かヒントがあるかも。恋人さん、得意なこととかないですか？」

高橋は自身の携帯を取り出すと、自身のSNSを桔梗に見せた。

「写真をアップするSNSだと、料理とかファッションとかハンドメイドとか……みんな趣味や得意なことを載せてますよ！」

「得意なことか……。そうか、楓には〝花の刺繍〟という素晴らしい特技があるじゃないか！」

桔梗はポケットチーフを引き抜くと、高橋に渡して見せた。それは楓が最後に桔梗にプレゼントしたカランコエの刺繍が入ったハンカチだった。

「うわぁ、綺麗ですね。素人が見ても凄いってわかりますよ。……確かに、もしこれが売ってたりしたら……本人じゃなくても買った人がＳＮＳに載せてるかもしれないですよ！」

「そうだな！　調べてみよう。ありがとう、高橋くん」

桔梗は探偵にも楓の捜索を依頼していた。しかし、一向に楓の行方はわからないままだった。焦る気持ちと不安な気持ちで押しつぶされそうだったが、高橋の助言を聞いて少しだけ気持ちが前向きになった。

――全てのＳＮＳを、しらみつぶしに調べてみるか……

こうして、桔梗は退職までの間、引き継ぎや残った仕事を片付けつつ、空いた時間にはパソコンにかじりついて楓の情報を探った。時間を忘れ、気づいたら朝だったこともあったが、楓のことを想えば寝不足など気にならなかった。

季節は寒い冬を過ぎ、暖かい風が吹く春になった。

桔梗は三月末に退職し、アメリカから帰国してからずっとお世話になっていた山之内の家を出て、一人暮らしを始めていた。

楓のヒートは、通常なら三月に来ているはずだったが、一度も病院に行った形跡はなかった。これは抑制剤を使わなくていい状況、すなわち楓に番がいるかもしれないということになる。

「もし君に私ではない番がいたとしても……それでも君に会いたい」

昨日も夜遅くまでパソコンに向かっていた、ぼんやりとした頭で呟く。

朝から霞む目に目薬を差し、瞬きしながらパソコンを起動させる。

——今朝も何も収穫はなさそうだ……

SNSを一つずつ検索するが、これといった情報は見つからず、諦めかけそうになった時だった。

一枚の写真に、桔梗のスクロールする手が止まった。

『うちの大学のおじちゃん先生。めっちゃ可愛いハンカチ持ってた！　笑』

その文章に添えられた一枚の写真。

それは、菜の花の刺繍が入ったハンカチ。

作った人の名前はどこにも書いてなかったが、桔梗には楓の作ったものだとしか考えられなかった。上品な色選びやデザインのセンス。間違いなく楓のものだ。

「楓、やっと見つけた……」

頭が一気に冴える。

桔梗は両手で自身の頬をパンッと勢いよく叩くと、そのSNSのアカウントを隅から隅まで調べ始めた。

「大学生、となると先生というのは教授、准教授あたりか……？　講師だとすると毎日は大学にいないのかもしれないな……」

アカウントを調べていくうちに、大学名と学部、よく使う駅までは特定できた。

——まるで探偵の真似事みたいだな。

でもこれで楓に一歩近づくことができる。

そんな風に思いながら立ち上がると、急いでジャケットを羽織り、玄関に向かった。

桔梗が住んでいる場所から大学のある駅までは、わずか四十分程だった。

——まさか、こんな近くにヒントがあったなんて……

電車に揺られながら窓の外を眺めていると、景色はだんだんと緑が豊かな風景に変わっていった。

大学も歴史あるキャンパスらしく、東京郊外にありながらも、大勢の学生が賑わう人気の大学らしい。

「ひとまずここから大学まで歩いてみるか……」

駅に降り立ち、携帯の地図アプリを起動して大学まで向かう。

キャンパスに着くと、まず最初に学生が多くいるだろう食堂に向かった。向かう途中、すれ違う学生に「このハンカチを持っている大学の先生を知らないか」と手当たり次第聞いたが、不審がられるばかりで何の成果も得られなかった。

桔梗は酷く落ち込んだが、もしかしたら事務の人なら大学の教員について詳しく知っているかもしれないと、一縷の望みを賭け、大学の受付に足を運ぶことにした。

受付は大学の門から一番近い場所にある。

食堂から歩いて十分ほどかかる受付に向かおうとした、その時だった。

ふわっと香る甘い花の香り。風に乗って運ばれてくるこの甘く切ない香りが何か──桔梗は知っていた。

──わずかだが、楓の香りがする……

匂いの元を探して食堂の人混みを掻き分ける。

──どこだ、どこなんだっ……！

半ば人を強引に押しのけながら、だんだんと濃くなる匂いの元へ走る。

そして、一段と楓の匂いがする男性の真後ろに駆け寄り、男性の腕を力強く掴んだ。

「っ……！　あ、あの……？」

男性はいきなり掴まれた腕に驚き眉をひそめた。

「ハンカチ……！　菜の花の……。楓を知っていますか!?」

「ハンカチ……？」

男性は一瞬不思議そうな顔をしたが、次の瞬間、目を大きく見開き、あぁ！　と感嘆の声を上げると桔梗の肩を勢いよく掴んだ。

「君が、『桔梗様』かい!?　楓くんの、運命の！」

「楓を知っているんですかっ……！」

桔梗のびっくりするほどの大声に、男性はシーッと人差し指を口に当てた。学生たちがこちらを見ていることに気づいた男性は、桔梗の腕を引っ張り食堂の外に連れ出した。

「すまないね。でも、あそこ食堂だからね、静かにしないと」

男性はくすくす笑いながらそう言うと、スーツの胸ポケットから名刺を取り出した。

「私はここの大学で教鞭をとっている、駒田です。あなたは……桔梗さんで……合ってます、よね？」

「はい、望月桔梗です。あの、あなたから楓の香りがするんです……あの、ハンカチをお持ちですか？　菜の花の刺繍のついた」

「あぁ、これだね？」

駒田がスラックスから菜の花のハンカチを取り出した。その瞬間、フワッと楓の甘いフェロモンの香りが辺りに広がった。

「これです！　あなたは楓の居場所を知っているんですか……!?」

「はい、知っていますよ」

「お願いします、教えてください！」

桔梗は勢いよく駒田に頭を下げ、必死に頼んだ。

「桔梗さん、頭を上げてください。実は私もあなたを探していたんです。……なので、もちろん教えます、それがあの子の幸せだと私も思うから。ただ……約束してほしいんです」

「……？」

「今度は何があっても、あの子から離れないでいてあげてください。必ず……幸せにしてください」

今度は駒田が頭を下げる番だった。

「もちろん、必ず幸せにします。でも、なぜあなたがそこまで……？」

疑問を抱いた桔梗は駒田に尋ねた。

だが、頭を上げた駒田はにっこりと微笑み、はぐらかした。

「まぁ、それは追々……。それより、善は急げです。私は今から行けますが、桔梗さんも大丈夫ですか？」

「もちろん、今すぐ行きましょう」

二人はすぐに楓のもとに向かった。

その頃、フラワーショップITONAGAは四月の忙しいシーズンを終え、穏やかな日常を送っていた。

「楓くん、大丈夫？　なんか顔赤いわよ……？」

花を洗う用のバケツを抱えた楓の顔を、みすずが心配そうにのぞき込んだ。

「え、そうですか……？　特に体調は悪くないんですけど……」

バケツを置き、自分の頬に両手で触れる。言われてみるといつもよりほんの少しだが、体温が高い感じがする。

「楓くん、このところお店の仕事以外にも刺繍とか頑張ってくれてたし、ちょっと無理してるんじゃない？　それか……オメガのヒート？　みたいな……。ほら、楓くんここに来てからそのヒートになってないんでしょう？」

「確かに……」

楓がここに来て約三か月。本来ならば二月にくるはずのヒートはまだきていなかった。楓自身、山之内から『ヒートが来始めてすぐは周期が不安定』と聞いていたし、仕事の疲れからヒートがこないものだと思い込んでいた。

「一回病院行っておいたほうがいいんじゃない？」

「そう、ですね……。もう三か月以上行ってないし」

「なら、早いほうがいいわ！　今日お昼に和真来るでしょう？　ちょうどいいから車で連れてってもらいなよ！」

楓の肩をポンと叩くと、和真に言っておくわね、と言いながら、楓の代わりにバケツを持って行ってしまった。

「ふぅー……」

時刻は正午すぎ。あれから楓は貸してもらっている自室で、念のためにと休憩をとっていた。

といっても、少し熱っぽいだけで寝込むほどではないと、楓はお店で売るハンカチの刺繍に勤しんでいた。

みすずは注文を受けていた花の配達に出かけたばかりで、帰ってくる夕方まで、店は一時閉店している。

「そろそろ和真さんが来る頃かな。それまでにこれだけは仕上げておきたかったけど……」

壁に掛けてある時計を見上げ一息つく。ピンクッションに針を刺し、和真と自分の分の昼食を作るために立ちあがろうとした時だった。

「いたっ……」

チリチリとした痛みが下腹部に響く。

「あれ？　この痛み……」

楓はこの痛みが何かわかっていた。

ヒートになる前兆。もう何か月も前だが、初めてヒートを起こした時もこの下腹部の痛みからだった。

ヒートがきた――そう自覚した途端、だんだん体が熱くなっていく。楓はぼんやりする頭で、これからどうすればいいかを考えた。

――和真さんはアルファだから、ヒートの僕を見たらどうなるかわからない……。絶対会っちゃいけない。とりあえず階段降りて玄関まで行って、鍵を閉めよう。その後、和真さんとみすずさんにメールすればいいよね。

一度ヒートになってしまったら、普段飲んでいる抑制剤では症状を落ち着かせることができない。

番のいない楓には、緊急抑制剤の注射か、一週間自分で乗り切るかの二択しか選択肢はない。

よろよろする体で階段を降りる。楓の下着はすでにぐしゅぐしゅに濡れていて、歩くたび擦れる陰茎からとめどなく汁が溢れていた。

「ふっ……ふぅ、早く、鍵……閉めないと」

ふらつく足で玄関にたどり着き、鍵を閉めようとドアに手を伸ばした時だった。


「楓くん！　こんにちは！」

勢いよくドアが開いた。

——入ってきたのは、和真だった。


和真は楓の姿を一目見るなり、慌てた様子で自身の口と鼻を片手で押さえた。

「っ……！　すげぇ、匂い……これ、ヒート……だよな」

部屋中にむせかえるほどの甘い花の香り。いくら鼻を押さえても、肌で感じるほどの香りにくらくらと眩暈がする。

「か、和真さん……おねが、逃げ、て……」

はぁはぁ、と苦しそうに胸を押さえる楓は、もう歩くことさえできずにその場に座り込んでしまった。

すでにベージュのズボンの股間部分には濃くシミができている。頬も、白いシャツから覗く首筋も手首もピンク色に染まり、滑らかな肌に汗が滴る。

和真がごくりと喉を鳴らす音が楓の耳にも聞こえた。

「楓くん、俺さ、はぁ……はぁ……楓くんが、本当に、本当に……好きなんだよ……」

和真は一歩ずつ、ゆっくりと楓に近づく。

鼻息は荒く、目は獲物を見つけたかのように赤く血走っている。

――僕のヒートのせいで、和真さんがラットを起こしている……

楓は、腕の力だけで這いつくばるようにして和真と距離を取る。

だが、それでも和真はじりじりと楓に近づいてくる。

「ダメ、です……。和真さん、お願い……」

――首、噛まれたら。もう、桔梗様とは番になれない。

もう桔梗に会えないとわかっていても、その事実が苦しくて胸が締めつけられる。

楓は大粒の涙をぽろぽろ流しながら、桔梗様、桔梗様……と何度も呟いた。

たとえ体を暴かれても、首だけはなんとか守らなければ。そう思い、両手で項を隠した時だった。

「うわっ……！」

突然足を強く引っ張られて、後頭部に衝撃が走る。

目の前には天井、そして和真の顔があった。

和真が力任せに楓を押し倒したのだった。

「あ、あ……」

――怖い、怖いっ……！

身体はアルファの和真を受け入れようとしているのに、心は恐怖と絶望で受け入れられない。

和真も結局はアルファなのだ。オメガのヒートには抗えない。もう諦めるしかないと、終わるまで決して開かぬよう目を固く閉じた。その時だった。

ふわっと体が浮いた。突然の浮遊感に驚き、思わず目を開けると、和真が楓を抱き上げていた。

「か、和真さ、ん……」

和真は余程我慢しているのか、唇を噛みしめ、口端からは血が滴り落ちている。

「言っとくけど……！　すっげぇ、苦しい。今すぐ抱きつぶしてその項にかぶりつきたい！　だけど、俺はっ！　俺は楓くんが好きだからっ……！　大好きだから、絶対傷つけない！」

ちょっと我慢して、和真はそう言うと楓を自室まで運んだ。

部屋に着くと、和真は畳の上に楓を置き、ハンガーラックにかけてあったキャメルカラーのトレンチコートを投げるように楓の上に掛けた。

それは桔梗が楓の誕生日にプレゼントしたコート。

以前、和真に「良いコートだね」と褒められた時に、桔梗からのプレゼントだと教えたのを思い出した。

「はぁ……ごめん……。俺には、これしかできない……。楓くんさ、運んでる間『桔梗様、桔梗様』ばっか言うんだもん……。手、出せないよ」

楓と距離を取った和真の額にも、楓に負けないくらいだらだらと汗が流れている。そして和真のズボンの中央も苦しそうに張り詰めていた。

「悪い……。俺、きついからもう行く。みすずちゃんに連絡しとくから」

和真はそう言い残すと、振り返ることなく部屋を出て行った。


楓は誰もいなくなった部屋でコートに包まる。

わずかに残る桔梗のシトラスの匂い。少しも漏らさないように抱きしめながら顔を埋める。

「き、きょう、様……会いたいよ……」

転びそうになりながら階段を急いで降りる。

抱き上げた時の楓の香りが——腕に、服に、全身に染みついている。

「ははっ……俺、我慢できたじゃん、楓くんをちゃんと大事にできたよな……？」

震える手でこぼれる涙を何度も拭う。

本能のままに抱いてしまえば、噛んでしまえば、楓を自分のものにできたはずだった。

でも、楓は何度も何度も、うわ言のように桔梗の名前を呼んでいて……

そんな楓の姿を見てしまったら、和真は「あぁ、楓の心にいるのは俺じゃない」と、諦めるしかなかったのだ。

「これが失恋か……、心臓痛てーよ……」

ぐっと唇を噛みしめながらドアノブを回す。

一歩外に出ると、暖かい風が和真の頬に当たり、頭が一瞬クリアになった。

「あれ、糸永くん？　お店閉まってますか？」

店の前に一台のタクシーが停まる。

そこから慌てるように降りてきたのは——駒田と、見知らぬ男性だった。

「教授……」

「お店、閉まってるみたいだけど。今日は休みなの？」

駒田は困った表情で和真に駆け寄ると、眉をひそめた。

和真の体から、駒田にもわかるほどオメガ特有のフェロモンが香っているからだ。

「これ、オメガの……？　まさか」

「教授、実は」

和真が言いかけた時だった。

先ほどの男性が走ってきて、駒田を押し退けると、和真の胸ぐらを掴んだ。

「お前っ、楓に何をした！」

「えっ、ちょっと……あんた誰だよ！」

いきなり胸ぐらを掴まれた和馬は、驚きながら彼の腕を掴み払いのけた。

おそらくこいつもアルファだ。和真も気が立っていたので、しばし睨み合う。

「ちょ、ちょっと二人とも、待った！」

駒田が引き離すように二人の間に入る。

「糸永くん、こちら望月桔梗さん。楓くんの運命の番だよ。ずっと楓くんを捜していたそうなんだ」

「この人が……!?」

和真は嘘だろ、と言いながら桔梗の顔をまじまじと見つめた。

以前、楓から聞いていていた桔梗の特徴とはかけ離れていた。

目の下には青いクマ、やつれて顔色は悪く、肌は乾燥して髪も乱れている。確かに体型はモデルのようにすらりとしているが、楓が言っていた「爽やかで素敵な人」とは別人のように見える。

――よく見りゃイケメンなんだろうな……。こんなにやつれるほど楓くんを捜していたのか。

はぁ、と深いため息をつくと、和真はみすずの家の玄関のドアを開けた。

途端に、楓の甘い香りが溢れるように流れてくる。

「俺はヒートになった楓くんを部屋に運んだだけ。誓って何もしてない。……場所は三階。階段上がって突き当たりの右の部屋。……楓くん、あんたの名前、何度も呼んでたぞ」

ほら行けよ、とドアを指差す。

その言葉と同時に、桔梗は弾かれたように走り出した。

階段を駆け上がる。一段、一段と上がるにつれ濃くなる楓の香り。

焦る気持ちを抑えられないまま、三階まで一気に駆け上った。

――この部屋だ。

和真に言われなくても楓がここにいることがわかっただろう。その部屋の周辺には一際楓の香りが濃く漂い、桔梗を今か今かと待っているようだった。

唾をごくりと飲み込むと、緊張と喜びで震える手で、そっと扉を開ける。

「んっ……はぁ、はぁ……」

小さくこぼれる声は間違いなく楓のものだ。

楓は畳に横たわりながらズボンと下着を脱ぎ、コートに顔を埋め、自身の指を蕾に入れながら喘いでいた。

桔梗が駆け寄り、苦しそうに喘ぐ楓の頬をそっと撫でると、コートの隙間から楓が顔を覗かせた。

「き、きょう、様……？　夢……？」

虚ろな瞳で桔梗をじっと見つめる。

「夢でもいいや……。桔梗様……会いたかった……」

ヒートで辛いはずなのに、楓は優しく微笑み、桔梗の頬にそっと手を伸ばした。

「夢じゃないよ……。楓、たくさん待たせてごめんね」

久々に見た楓の姿に胸がいっぱいになった桔梗は、コートごと楓を力強く抱きしめた。

――もう絶対、この愛しい存在を手放したりするものか。


「桔梗、様……。本物？　夢じゃない……？」

楓の小さな両方の掌が、何度も確かめるように桔梗の頬や髪を撫でる。

それはもう愛おしそうに、幸せそうに……

その柔らかな感触に、気がつけば桔梗も涙を流していた。

「桔梗様、泣いてるの……？」

「あぁ……泣くつもりなんてなかったのに。話したいことがたくさんあったのに。楓の顔見たら、もう、胸がいっぱいだ」

ポロポロ涙を流す桔梗に、楓が優しく触れるだけのキスをしてくれた。

「桔梗様、僕もです……。あの……僕、でも、体……熱くて、辛いんです……」

第七章

「楓、好きだよ。もう絶対、何があっても君を離さない。だから……私と番になってほしい」

桔梗は真剣な顔で楓を見つめる。そして楓の左手を取ると、楓のあかぎれの痕が残る薬指にキスをした。

それはまるでプロポーズのようで――楓の瞳から大粒の涙がこぼれる。

「桔梗様……。僕の全てはあなたのものです……。僕を番にしてください……」

その言葉を聞くと同時に、桔梗は楓に口付けた。

深く深く、何度も求めあうようにキスをする。

唇だけではなく、頬、額、瞼、髪の毛、耳――楓のいたるところにキスの雨が降り注いだ。

その一つ一つの愛撫に涙がこぼれる。桔梗がここにいる。その存在を感じるだけで、蕾からも陰茎からもとろとろと止めどなく蜜が溢れてくる。

桔梗を待っていたかのように始まったヒート。

そして、久しぶりに触れる好きな人――「運命の番」。

桔梗が触れている場所全てが気持ちよくて、楓の体はぴくぴくと反応してしまう。

「き、きょう様……もう辛いです、お願い、触って……」

白いシャツしか着ていない楓は、桔梗の手を両手で握ると、自分の胸に押し付けた。

「もう痛いくらい、桔梗様が好きで、好きで……。ずっと、会いたかった……」

どくどくと鳴る心臓の音は、ヒートのせいだけじゃない。この体が、心が、桔梗に会えた喜びを表しているかのようだ。

「私も……ずっと、ずっと楓に会いたかった……」

畳に横たわる楓の頬にキスをし、はだけていた白いシャツを全て脱がす。

桔梗がそのまま楓の鎖骨に強く吸い付く。

「あ、あぅっ……」

チクリとした甘い痛みがして、白い肌の上に紅い華が咲く。

その痕を指の腹でなぞると、自分が桔梗の所有物になったようで、楓はうっとりした。

「……久しぶりだから……痛かったら言うんだよ」

桔梗の言葉にコクンと頷くと、桔梗は楓の額に触れるようなキスを落とした。

桔梗の大きな手と形の良い唇が、楓の肌の上をそろりと這う。

ピンク色に屹立した胸の飾りの片方は甘噛みされ、もう片方は指で嬲られる。

親指で乳輪をなぞられ、時折人差し指で弾かれると、思考が溶けていくように気持ちよくて、高い声が出てしまう。

「あっ、あ、……あっ！　ききょ、さまっ……もっと……！」

楓は我を忘れて四つん這いになり、自身の人差し指と中指を使い、秘所を開いて濡れそぼった蕾(つぼみ)を桔梗に見せつける。

「はぁっ……ここに……ほしい、です……」

羞恥心より快楽を求める心が勝り、自分から腰をくねらせてねだってしまった。

「楓、きれいだ……」

桔梗が感嘆のため息を漏らすが、楓はそれどころではない。

「桔梗様……見てるだけじゃなくて……おねが、い……」

フッと笑った桔梗が、すぐに欲しかった人差し指を楓の蕾に沈めてくれる。そして楓のよがるところは忘れていない、とばかりに何度も楓の気持ちいい場所を擦る。

ただでさえ濡れているそこは桔梗の指が行き交うたびに蜜を垂らし、内壁は離すまいと言わんばかりに勝手に収縮してしまう。

「楓、締め付けすぎだ。力を抜けるかい……？」

「そんなっ、だって体が勝手に……」

はしたない自分の体が恥ずかしくて、いやいやと頭を振った。

「しょうがない子だ……」

桔梗は楓の腰を抱え上げると、濡れそぼった蕾の中に舌をねじ込んだ。

「あっ、あぁっ……！」

叫びに近い嬌声が勝手に漏れていく。

花の蜜を味わうようにじゅるっと吸い上げられ、熱い舌が楓の蕾を広げようとするかのように、円を描くように体内をなぞる。

「ぁっ、き、きょう、さま……！　いれて……っ」

楓は限界が近づきつつあった。

「楓……今から番にする」

桔梗は着ていた服を全て脱ぎ捨てると、自身の陰茎を楓の蕾に当てた。待ち望んだそこは、ヒクヒクと桔梗のものを飲み込むために収縮しているのが自分でもわかるほどだ。

桔梗は両手を楓の腰に添え、一番深いところまで一気に挿入した。

桔梗のものはいつにもまして大きく硬くて、熱くて――

「あぁっ……！」

その瞬間、楓は両膝をガクガクと痙攣させながら一際高い声を出して達した。

「イッたのか……？　……辛いだろうが少し我慢してくれ」

そう言うと、絶頂でぼんやりとする楓の口をキスで塞ぎながら、中を味わうように何度も何度も奥深くへピストンを繰り返した。

「あっ、あっ……いい、です……桔梗様、好き、好きっ……あ、あぁっ」

「楓……、楓……！」

ヒートのせいか、楓の体は達したばかりだというのに、まだ足りない、と桔梗を求めている。

お互いの両手を絡め、唾液なのか体液なのか、それさえもわからなくなるほどドロドロに溶けあう。

「はぁ……楓、好きだ……」

「あっ、あ、あ、あぁ……」

次第にまた楓の中が収縮し始めると、桔梗も限界が近いのか、苦しそうに顔を歪めた。

それに気づいた楓は、項が見えるように髪をかき上げ、桔梗の手を強く握った。

「桔梗様っ、噛んでください……」

「っ！　楓っ……！　愛してる……」

噛まれた瞬間、電流が走ったかのように頭がスパークした。

首筋から体が作り変えられるような感覚が全身を支配した。

――僕、桔梗様の番になったんだ……

どくっ、どくっと桔梗のものが最奥に流れ込んでくるのを感じながら、楓は多幸感に包まれて瞳を閉じた。


「んっ……」

目を覚ますと、そこは畳の上ではなく、普段使っている布団の上だった。

体を起こし自分の体を見たが、ベトベトだった体は綺麗に拭かれ、下着とシャツは新しいものになっている。

――もう夕方……？

カーテンから差し込む光がオレンジ色だと気づき、一体自分はどれだけ眠っていたんだろうかとぼんやり考えていた。

「楓、起きた……？」

「き、桔梗様っ！」

引き戸が開き、桔梗が顔を覗かせる。その手にはマグカップが二つ。楓の好きなジンジャーホットミルクが湯気を立て、美味しそうな匂いを漂わせている。

桔梗は楓の顔を見るなり、幸せそうに微笑みながらそのマグカップを手渡す。

「楓が寝ている間に、外に出て糸永さんと駒田さんに事情を説明してきたよ。とりあえず今は駅近くのホテルを取ったから、そこで待機してもらってる。……番になった報告は楓と一緒にしたいと思ってるから、まだ伝えてないんだ。楓の体調が良くなったら一緒に報告しに行こう」

嬉しそうにそう話す桔梗の姿を見て、楓ははっとした。

慌てて手を首筋に這わすと、そこにはガーゼとテープの感触。桔梗が噛んだ傷跡を手当てしてくれたのだ。

――どうしよう……！

さっきは久しぶりに会えた喜びとヒートで理性を失っていたが……楓の顔からは急激に血の気が引いていく。

「楓……？　顔色が悪い。傷が痛むか？　消毒を……」

「桔梗様、申し訳ありませんっ……！」

楓は桔梗の言葉を遮り、叫ぶように謝罪し、頭を下げた。

――桔梗様には婚約者がいるのに、僕はなんてことを……！

考えるだけで胸が痛くなる。

桔梗の幸せを願い自ら身を引いたはずなのに、その桔梗に欲望の赴くままに項(うなじ)を噛んでもらうなんて……婚約者の女性にも申し訳ない気持ちでいっぱいだった。

「楓、もしかして……まだ私に婚約者がいると思っているのか？」

「え……？」

その言葉と共に楓の体がふわりと浮く。

桔梗は楓の体を持ち上げると、布団の上に胡坐(あぐら)を組んで座り、その上に楓をまたがらせるように乗せた。

「これなら楓の顔がよく見えるな」

「え、あの……」

「私はあのニュースになった人とは婚約していないよ。正確に言うと、父にはめられて婚約したことにされていたけど、それも正式に白紙になった。ついでに父は会社を辞めたし、私も三月末で退社した」

「えっ、そんな……！」

「新聞とかテレビでも報道してたけど、知らなかった……？」

「あ、あの……僕、テレビも新聞もネットニュースもずっと見ないようにしてたんです……だって桔梗様が結婚したら、またニュースになってテレビにも出ちゃうかもしれないでしょう？　そんなの見ちゃったら、もう絶対に立ち直れないと思って……」

桔梗の目をまっすぐに見られなくて、頬が熱くなる。

子どもみたいなことを言っている自覚はあったので、だんだんと声が小さくなってしまう。

そんな楓をぎゅっと力強く抱きしめると、桔梗はガーゼの上から項にキスをした。

「私が結婚したいのは楓、君だけなんだよ」

「結婚ですかっ⁉」

「私は最初からずっとそう言ってるんだけどね？」

クスクス笑いながら、楓の頬や耳たぶにキスをする。

恥ずかしくて、膝の上から降りようとじたばたしたが、顎を掴まれる。

お互いの瞳が至近距離で交わる。

桔梗の黒い瞳が、楓のグリーンの瞳を離さないと言わんばかりに捉えた。

「それで……返事は貰えるかな？　楓」

その口調は、以前と変わらない柔らかで優しいもので――

楓は嬉しさのあまり涙ぐみながら、勢いよく桔梗に抱きついた。

「そんなの……ＹＥＳに決まってます！」

桔梗が破顔し、楓の顔をいたずらっぽく覗き込んで囁いた。

「もう、一生離してやれないから、覚悟してね」

楓は、みすずに無事ヒートが落ち着いたことを連絡した。

和真たちと共にホテルで待機していたみすずは、電話口で泣きながら「また会えてよかったね」と喜んでくれた。

この日はみすずが気を利かせてくれたおかげで、楓と桔梗は二人きりで夜を過ごした。

「ねぇ、桔梗様……駒田さんとはどこで知り合ったの……？」

二人で寝るには狭いシングルの布団の中。二人はラフな姿で一つの毛布に包まりながら、離れていた間のことを話した。

「楓を捜している時に、ＳＮＳで楓が作ったハンカチの写真が投稿されているのを見たんだ。菜の花の刺繍があって……名前は載っていなかったけど、間違いなく楓が作ったものだと思って、それを頼りに捜してたどり着いた先が駒田さんだったんだ」

「ふふ……本当に？　凄い、桔梗様、ありがとう……僕を見つけてくれて」

嬉しくなった楓は、あのね……と続けた。

「ここは、僕の死んだ両親の故郷で、この場所から僕の新しい人生をスタートさせようと思ってたんです……。でも、なかなかうまくいかなくて。そんな僕に親切にしてくれたみすずさんは、僕の死んだ両親の同級生で……。そして、僕を産んでくれたお母さんの友達でもあったんです……」

「えっ⁉　どういうことなんだ、楓？　産んでくれたお母さんって？」

急展開に、桔梗がバッと布団から起き上がる。

楓は桔梗の新鮮な反応がなんだか嬉しくて、ニコニコと微笑みながら話を続けた。

「んー……詳しいことは、産んでくれたお母さんも亡くなってるからわからないんです。産んでくれたお母さん……渚さんが、死ぬ前に育ての両親に僕を託したんでしょうね。それでね、血の繋がったお父さんは僕をずっと捜してくれていて……それが駒田さんだったんです」

「……えっ⁉　あの駒田さんが⁉」

桔梗はまたもや驚き、黒い瞳を瞬かせた。

「びっくりですよね。桔梗様と離れてた数か月で本当にいろんなことがありました。……って、桔梗様は？　誠一郎様が会社を辞めたって……どういうことなんですか？　桔梗様もお仕事辞めたって……会社は？　使用人のみんなは？」

楓も質問しながらどんどん疑問が湧いてきて、むくりと布団から起き上がる。

桔梗はバツが悪そうな表情で話し始めた。

「……あの人は、自業自得だ。私を有力議員の娘と結婚させるために周囲の人間を利用し、しっぺ返しを食らった。会社は副社長だった叔父が社長をしている。使用人のみんなは……すまない、私もずいぶん帰っていないからわからないんだ……」

言いにくそうに、だんだん小さい声になっていく桔梗。

楓はそんな桔梗の姿を見て、ポツリポツリと話し始めた。

「……僕、両親が死んでから……桔梗様に出会うまでこの髪の毛とか瞳が嫌でした。『なんで僕だけこんな容姿なんだ』って。僕をこんなふうに産んだ親を恨むような気持ちになったこともありました……でも、駒田さんはとても優しくて、僕に本当によくしてくれてるんです……。それに、写真の中の渚さんはお腹を幸せそうに撫でていたし……」

——こんなことを言ったら、桔梗様は困ってしまうかな？

そう思いながら、桔梗の頬に触れる。

「だから、誠一郎様も、したことは許されないのかもしれないけど……本当は桔梗様を大事に思ってるんだと思います。だから、これでもう一生会わないのは寂しいです」

それに使用人のみんなのことも心配だし、と恥ずかしそうに照れ笑いする。

桔梗はそんな楓の髪を撫でるとそっと抱き寄せた。

「そうだな……これからどうするか考えないとな」

楓は抱き寄せる桔梗に応えるように背中に手を回すと、きゅっと力を込めた。

「はいっ……一緒に、ですよ。一緒に考えていきましょうね」

一晩ぐっすりと二人で一つの布団で眠り、気持ちのいい朝を迎えた。

楓は、首筋に繰り返し触れる感触で目が覚めた。

それは、楓の項（うなじ）にある自らの噛み跡を指先で撫でる桔梗の指だった。

「ふふっ、桔梗様くすぐったいです。……どうですか？　歯形残ってますか？」

「あぁ……ちゃんと残ってる。もうこの楓の匂いは私しかわからないんだな……」

楓も首筋に触れてみる。血はすっかり止まり、そこには桔梗の歯形だけがくっきりと残っていた。

「本当に楓と番（つがい）になれたんだな……」

桔梗の言葉に、何とも言えない幸福感で胸が満たされる。

桔梗が項に優しくキスを落としてくれる。頬が熱くなり、思わず笑みがこぼれると、桔梗も幸せそうに笑ってくれた。

「桔梗様、僕幸せです。……だから、早く番になったこと、駒田さんたちに報告に行きましょう」

その後すぐ、駒田たちと連絡を取り合い、宿泊しているホテルのラウンジでお昼に会う約束をした。

楓が急いで服を着替え、部屋の片づけをしていると、何やら洗面所から桔梗の独り言が聞こえてきた。

「さすがに、こんなボサボサ頭ではなぁ……。楓の御父上や大切な方々に会うのに申し訳ない……」

洗面所の扉に近づくと、今度ははっきりと桔梗の声が聞こえてきた。

――桔梗様、どうしたんだろう？

「僕、切りましょうか？」

楓が洗面所に顔だけ出すと、そこには鏡に向かって髪をセットしようとしている桔梗がいた。

「桔梗様はいつもさっぱりした短髪ですよね。でもこの伸びた髪もワイルドで素敵ですよ……？」

「……いや、よくないよ。楓、切ってくれ！」

「……！　任せてください！」

一度自室に戻り、クローゼットから大判のタオルを出す。

それから、洗面所に椅子を持ってくると、楓ははさみを手にした。

楓は、望月の家にいる頃から、自分の髪の毛は自分で切っていた。もともと手先が器用なこともあり、今では毛先を整えるくらいならお手の物だった。

「はい！　できましたよ。プロの方には到底及びませんが……」

楓は照れ笑いしながらそう言うと、桔梗の首に巻いたタオルを取った。

普段の短さほどではないが、襟足やトップを軽くした爽やかな短髪に仕上がった。

「ありがとう、楓！　今までで一番気に入った髪型だ！」

桔梗は嬉しそうに鏡を見ながら、何度も毛先を触ったりしている。

その姿を見た楓も、おもむろに先ほどまで桔梗に巻いていたタオルを首に巻いた。

「僕も、髪の毛……切ります！」

そう言うや否や、はさみでサクサクと髪の毛を切り、あっという間に一つに結べるほどだった髪が、項（うなじ）がすっきり見えるショートカットになった。

「楓……凄く似合っているが……」

「桔梗様に貰った痕……よく見えますか？」

ほんの少し狼狽（うろた）えたような桔梗に、楓はとびきりの笑顔で笑ってみせた。

ホテルのラウンジに着くと、すでに駒田と女性と和真が椅子に座って待っていた。

「楓くん……！　もう大丈夫!?」

その女性は立ち上がると二人のもとに駆け寄り、楓を抱きしめた。

「みすずさん、ご心配おかけしました……」

楓が抱きしめられていた腕をそっと外し、深々とみすずと呼ばれた女性に頭を下げた。

その時に項の噛み痕を見たのだろう。彼女は一瞬驚いた顔をした後、楓の頭をポンポンと優しく撫でた。

「好きな人と番になれたんだね、本当によかった……」

そう言いながら喜ぶみすずの目元には、涙が浮かんでいる。

みすずは身寄りのない楓に声をかけ、身の上話に共感して自分の家に住まわせてくれて、ずっと家族のように親切にしてくれたという。楓の恩人は、自分にとっても恩人だと桔梗は思う。彼女の涙からは心底楓のことを心配してくれていることが伝わり、胸が熱くなった。

「みすずさん、ありがとうございます。みすずさんたちにはちゃんと報告したくて……」

「こんにちは。望月桔梗と申します。昨日はバタバタしていて、ご挨拶もできず申し訳ありません」

「あなたが『桔梗様』ね！　さぁ、二人ともこっちに来て」

みすずに促され、駒田と和真が座る席に向かう。

駒田は二人の姿を見るなり立ち上がって歓迎してくれたが、和真は不機嫌そうに俯いたままだ。

「楓くん、体調が落ち着いてるようでよかったよ。あれ？　なんだか二人とも雰囲気が……。って立ち話もなんだね、さあ座ってくれ」

「駒田さん、ありがとうございました。桔梗様から聞きました、駒田さんが連れて来てくれたって……」

「いやぁ、桔梗さんの必死の努力のおかげだよ。……あれ……？　あぁ！　髪の毛！　二人とも切ったんだね」

雰囲気が変わったのはそのせいかぁ、と勝手に納得する駒田の肩をみすずが違うわよ、と言いながら突いた。

その様子を見て、桔梗と楓は顔を見合わせ頷いた。

「駒田さん、みすずさん、和真さん。私たちは昨夜無事に番になることができました。そして結婚します。楓によくしていただいて、皆さんには本当に感謝しています」

桔梗がそう言うと、駒田もみすずも手を叩いて喜び、何度もおめでとうと言ってくれた。だが、和真は一言小さい声でおめでとうと言ったきり、また俯いてしまった。

楓はそんな和真の様子が気になっていたが、駒田とみすずの喜びようにかき消され、そのまま話は進んだ。

「桔梗さんのお父様にも、報告に行くんだろう？」

駒田が真剣な雰囲気で桔梗に問いかける。

それもそうだろう、楓はニュースを見ておらず、知らなかったが、誠一郎と桔梗が数か月前に起こした事件は大きなニュースになっていた。楓の存在を誠一郎が認めていないことは明白だ。父親として不安になるのは当然のことだろう。

「もちろん、報告に行きます。ただ取り合ってくれるかどうかは……。父は偏見があって私と楓が付き合うことに反対していましたし、ご存じの通り、私は父と決裂しています」

「なら、私が一筆書こう。楓くんの父親として、二人の幸せを願う者として、少しでも役に立ちたい」

「駒田さん……何と言っていいか。本当にありがとうございます。……必ず、楓は私が命を懸けて幸せにします」

桔梗が駒田に頭を下げたので、楓も慌てて頭を下げた。

その後、お祝いはまた別の日にということで、楓たちとみすずたちは一度別れ、ホテルを出て、それぞれの家に向かっていた。

和真はあの『おめでとう』から一言も喋らず、たまに話を振られても曖昧な笑みを浮かべるだけだった。

そんな和真を気にして楓は声をかけようとしたが、みすずに「少し放っておいてあげて」と言われてしまい、話をすることができなかったのだ。

――後で、電話したらいいのかもしれないけど。でも……このままにしてたらダメな気がする。

「桔梗様、僕、和真さんに話したいことがあって……！　お願いします、ここで待ってて！」

桔梗の返事も聞かず、楓は和真が向かったほうに走り出した。

車で帰ったのなら走っても間に合わなかったが、和真は電車で帰るつもりだったのだろう、ホテルからさほど遠くないコンビニの駐車場で煙草を吸っている姿を見つけた。

「和真さんっ」

「楓くん⁉」

和真は急に現れた楓に驚き、つけたばかりであろう煙草を足元に落とした。

「どうしたの……？　望月さんの家に帰るんだろ？」

和真は苦笑いを浮かべると、落ちた煙草を拾い、灰皿に捨てた。

煙草の箱をズボンのポケットに突っ込み、楓に体を向ける。

「何か用だった？」

「えっと、あ、あの……。この前は助けてくれてありがとうございました……迷惑かけてしまって、本当にごめんなさい……」

楓はそう言いながら、車止めにもたれる和真に近づこうとした。

その瞬間、和真は「来るなっ！」と怒ったような声色で叫んだ。

「和真さん……」

初めて聞いた和真の怒号に、思わず後ずさりをする。

「あっ、大きい声出してごめん……。でも、それ以上近づいちゃダメだよ。俺のことも気にしないで。……もう帰ったほうがいい」

怒ってはいないようだが、和真の声も態度も酷く冷たい。

和真と出会ってまだ数か月だが、楓にとって心から信用できる大切な人になっていた。和真の気持ちには応えられないが、それでもこんな形で仲違いしたくないと思うのは、都合がよすぎるのだろうか……？　楓はひどく悲しい気持ちになった。

「どうしてですか……？」

絞り出すようにして和真に尋ねた。

和真は困ったように楓の顔を見上げると、深いため息の後、ゆっくりと言葉を選ぶように話し出した。

「……君のことを諦められないからだ。いくら他の人と番になったって、もう君の匂いがわからなくなったって……好きなもんは好きなんだよ。……だからこんな態度しかとれなくて、ごめん」

「あの……僕、和真さんには本当に感謝してます。何度助けられたことか……和真さんのこと、人として尊敬しています。でも、ごめんなさい。どうしても僕には、桔梗様しかいなくて……」

「うん、わかってる……わかってるから。楓くん、うんと幸せになりなよ。ならなかったら俺がさらいにいくから」

どこか寂しそうに微笑む和真の目は涙で滲んでいた。

「本当に俺のことは気にしないで。早く望月さんのところへ戻りな。……楓くん、元気でね」

「……和真さん、ありがとう。僕、和真さんに出会えて本当によかった」

楓も泣きそうになるのをぐっと堪え、必死に笑顔をつくった。

それが、愛や恋の「好き」にはなれなかったが、友人のように兄のように接してくれた和真への礼儀だと思ったからだ。

「和真さん……、さようなら」

「うん、さよなら」

最後に別れの言葉を言うと、楓は桔梗のもとへ、和真は自分の家へ歩き出した。

その後、後から追いかけてきた桔梗は、今にも泣き出しそうな楓を見て驚いていたが、何も問うことはなかった。

ただ、表情から察したのか、楓の頭を優しく撫でた後、自宅に帰るまでそっと優しく手を握り続けてくれた。

誠一郎に会う日は、思ったよりも早く訪れた。
桔梗が何度誠一郎に電話をかけても、最初は留守番電話にしか繋がらなかった。
しかし、何度もかけ続けたせいなのか、はたまた駒田が書いてくれた手紙のおかげなのか、最初の電話から二週間後、やっと執事の田中に電話が繋がったのだった。
誠一郎は、あの事件以来、東京の屋敷には戻らず、軽井沢の別荘に隠居していた。

しかも、あの屋敷も今は売りに出されているという。田中だけを自分のそばに置き、あとの使用人には退職金を支払い、全員解雇したらしい。

桔梗は誠一郎に、楓と番になったこと、そして挨拶に伺いたいと伝えた。罵倒されたり嫌味の一つも言われたりするかと覚悟していたが、誠一郎はただ『わかった』と返事をしただけだった。

拍子抜けしたような気分になったが、またとないチャンスを逃がすまいと、さっそく会いに行くことにしたのだ。


東京から新幹線でわずか一時間ちょっとで行けるその場所は、都会と違い穏やかで空気が澄み、時間がゆっくり流れているようだ。

五月の軽井沢は東京よりもうんと寒く、午後の日差しがあっても、まだ薄手のコートが必要なくらいだ。

桔梗と楓はお揃いのネイビーのスーツに身を包み、望月の別荘の前にいた。

自然に溶け込む温かみのある造りのエントランスには、緑豊かに木々や春の草花が生い茂っている。

「ここに来るのは母が亡くなって以来だ……」

ポツリと、桔梗は懐かしむような口調で呟いた。

緊張しきった面持ちの楓は、なんと返せばいいかわからない……という可愛い表情をして、ただ桔梗の顔をじっと見つめていた。

それに気づいて、桔梗はにこりと微笑むと、ぽんと楓の頭を撫でた。

「ごめん、気にしないで。さあ……行こうか」


チャイムを鳴らすと、しばらくして、インターホンから『はい』と男性の声が聞こえた。田中の声だ。

「望月桔梗と古森楓です。父との約束でここに来ました」

「……桔梗様！　古森くんも……。少々お待ちください」

奥からガチャリと扉が開く音、人の歩く音が聞こえた後、門扉が開いた。

灰色の髪をさっぱりと整え、変わらぬ清潔感のある服装。

久しぶりに会う田中は、相変わらず美しい姿勢で、けれどあの頃の淡々とした雰囲気とは違い、嬉しそうに柔らかな笑みを浮かべていた。

「お二人とも、お元気そうで……。お待ちしておりました、誠一郎様はこちらです」

田中の後についていくと、懐かしい大きな玄関ドアにたどり着く。

開け放たれたドアから、天井まである窓からたっぷりの日差しが入るリビングが見える。

そのリビングの中央にある大きなL字型のカウチソファに誠一郎は座っていた。

「久しぶりだな、桔梗、それに楓も」

「お久しぶりです、父さん」

「誠一郎様、お久しぶりです……」

顔を上げた誠一郎は、最後に会った時よりも少し痩せたように見える。

「まぁ、座りなさい。話があるんだろう」

誠一郎は読んでいた本をソファに置くと、桔梗と楓にソファに座るよう促した。

二人が座ると、すぐさま誠一郎が話を切り出した。

「……もう番になったんだろう。今更私に何の用なんだ、楓と引き離したことに文句でも言いに来たのか」

「違います。番と婚約の報告です。あなたはオメガを嫌っているのでしょう？　反対は承知の上です……でも私は楓しか考えられない。私は楓と結婚します」

桔梗は、はっきりとした口調で、誠一郎の目を真剣に見つめて言い切った。

誠一郎はテーブルに供された温かい紅茶を飲み、ふぅと息をつく。

「お前は何もわかっていない……。オメガを嫌っているから、お前たちの関係に反対したわけじゃない……。そういえば言ってなかったな。……桔梗、お前の母親はオメガだ」

「母さんがオメガ……？」

桔梗の母親・すみれが亡くなったのは、桔梗が十歳、妹の桜子はまだ生まれて間もない頃だった。

桔梗の記憶では、すみれは病弱だが、いつも優しく穏やかだった。

自分にも他人にも厳しい誠一郎は、すみれのことだけは誰もが認めるほど溺愛し、いつも体を気遣っていた。

「お前が覚えているかわからんが……すみれは臥せることが多かっただろう。お前と遊んでやれないことをいつも気にしていた。元々、そこまで体は強くなかったが……」

確かに母はいつもそう言っていた。刺繍を桔梗に教えてくれたのも、『桔梗と体を動かして遊んであげることはできないけれど、自分にできることをしてあげたい』という親心からだ。桔梗はそれがとても嬉しかったのだ。

すみれはそんなふうにいつも前向きな人だった。

「あいつが死んだのは望月の……いや、私のせいなんだ」

「どういうことです？　母さんは持病で亡くなったんじゃ……？」

桔梗がそう言うと、誠一郎はこれまでに見たこともないような悲しげな目で、過去を振り返るように視線を虚空にさまよわせ、話し始めた。

「私とすみれは高校の同級生だった。知っての通り、望月の家系はアルファ至上主義でね。跡継ぎの私がオメガの人間と結婚することは許されなかった。だが、私の一目惚れでね……必ず幸せにすると必死に親を説得して、やっとのことで結婚させてもらったんだ」

自分の隣で、楓が息を呑むのがわかった。

「だが……本家の妻としての圧力があって……。ただでさえ、オメガはアルファより体が弱いんだ。それなのに過剰なストレスをかけ、さらにオメガでも立派に望月家の妻の役目を果たせると証明すると言って、抑制剤の多量摂取をして……すみれは体調を崩して、亡くなったんだ……」

誠一郎は辛そうに嗚咽を漏らした。

いつも凛としている誠一郎の悲痛な姿。嘘を言っているようにはとても見えなかった。

「父さん……」

誠一郎は話を続けた。

「この家はそういう家だから、私は楓と付き合うのに反対したんだ……。お前はどうしてもこの家の跡取りだから……お前たちを私たちのようにしたくなかった」

「父さん！　それは違う！」

桔梗は勢いよくソファから立ち上がると、噛みつかんばかりに誠一郎に言い放った。

「父さんの気持ちはよくわかりました。心配してくれるのも嬉しい。ですが、私は楓に負担をかけるくらいなら、この家を捨てます」

誠一郎は一瞬呆気にとられたように驚いていたが、次の瞬間には以前のような凛とした佇まいの誠一郎に戻っていた。

「言われなくても、とっくにお前の居場所など、あの会社にもここにもないわ。……私や望月の息のかからないところで勝手に幸せになれ」

「父さん……」

「それとな、楓」

「っ！　はい！」

突然名前を呼ばれ、慌てた楓の声が裏返った。拳にぎゅっと力がこもっている。

「お前はこれからどうするんだ。桔梗におんぶにだっこで世話される気か？」

誠一郎の問いかけに、楓は一度唾をごくりと飲むと、ゆっくり話し始めた。

「桔梗様と一緒に歩んでいけるよう、支えていけるようになります。決して頼りっぱなしになるつもりはっ……」

「なら大学へ行きなさい」

誠一郎ははっきりと告げた。

「ちゃんと大学へ行って、学べるものを学べ。……そして幸せになれ」

楓ははっとした顔をし、そして力強く頷いた。

「楓、今まで本当にすまなかった。桔梗をどうかよろしく頼む」

誠一郎は背筋を伸ばし、楓に頭を下げた。


帰り際、田中だけでなく、なんと誠一郎も見送りに出てきてくれた。

「もうここへは来るなよ。お前たちは二人でなんとかやりなさい。まぁ……何か困ったことがあったら一声かけろ」

誠一郎はぶっきらぼうにそれだけ言うと、一人で部屋に戻っていった。

田中は「すみません、それではお気をつけて」と言って頭を下げると、誠一郎の後を追っていった。

「仲直りできてよかったですね」

「仲直りなのか？　まぁ、父も痛い目を見てやっと丸くなったんだろう」

「ふふふ……桔梗様。あのね、僕……誠一郎様の言う通り、大学に行こうと思います。桔梗様と一緒に歩いていけるように、僕ができることを増やしていきたいです！」

「楓……そうか。ありがとう。一緒に歩いていこう」

「はい！」

そう言って笑う楓の顔は、心のモヤモヤが取れたような晴れやかなものだった。

東京に戻ってから、二人は本格的に同居を始めた。

楓はさっそく大学受験のため、勉強に励んでいた。

何か月も勉強から離れていた楓だったが、元々の頭の良さと真面目な性格のおかげで、すぐにペースを取り戻していった。家事もあるし、塾に通わず勉強を続ける生活は大変だが、〝大学合格〟という目標もあり、何より桔梗が側にいてくれることが嬉しかった。

桔梗はというと、個人事業主として起業していた。目指すは、全ての人間が性別にかかわらず自分らしく働ける社会を作ること。一人で営業やその他の仕事も行うのは大変だが、毎日が充実していた。高橋も桔梗の理念に共感し、手伝ってくれていた。いずれ人を雇う余裕ができたら、望月自動車を辞めて入社してくれないか、とスカウトするつもりだ。

「桔梗様ー！　そろそろ休憩にしませんかー？」

午後三時、キッチンから桔梗を呼ぶ愛しい楓の声が聴こえる。

書斎で仕事をしていた桔梗は、席を立ちキッチンへ向かう。

ドアを開けると、甘いバターの香りが漂ってきた。

「いい匂いだな、何作ったんだ？」

甘い香りを嗅ごうと鼻孔を膨らませながらくんくんしていると、楓がひょいとキッチンから顔を出した。

「へへっ、クッキーです！　ココアとバターのアイスボックスクッキーと絞り出しクッキー……あっ桔梗様、何飲みますか？」

桔梗がプレゼントした、楓の好きな花柄のエプロンを着て、コーヒーか紅茶か……と言いながら棚の中を探す楓。

栗色の髪がさらさらと揺れる。

桔梗はそんな楓の後ろに回り込むと、エプロンごと楓を抱きしめた。

「はぁー……朝起きたら楓が隣に居て、三食楓が作ったご飯を食べることができて、おまけにティータイムは手作りのお菓子を一緒に食べて休憩できるなんて……幸せすぎる」

楓の項(うなじ)に何度もキスをしながら、桔梗だけにしかわからないその香りをうっとり堪能していると、顔を真っ赤にした楓が、桔梗の腕の中から出ようともぞもぞ体を動かした。

「き、桔梗様……あの、飲み物……」

ふるふると震えながら言う姿に思わず悪戯心が芽生え、抱きしめる力をさらに強くした。

「名前。教えたよね……？　ちゃんと言えたら離してあげる」

「え、その……今ですか？」

「今。ほら、早くしないとティータイムの時間なくなっちゃうよ？」

追い打ちのように頭や耳たぶの裏にキスをすると、首筋まで赤くなった楓が焦ったように、わかりました！　と声を上げた。

「き、き、桔梗、さん……」

耳を澄まさなければ聞こえないほど小声だったが、確かに言った愛しい人の名前。

誠一郎に挨拶に行った日に、桔梗は「もう婚約したのだから様を付けないでほしい」と楓にお願いしたのだった。

恥ずかしいのと、これまでの癖で「桔梗様」としか呼べなかった楓がちゃんと「桔梗さん」と呼べたのは、今回で二度目だった。

「よくできました。ありがとう、楓……嬉しい」

楓の顔を引き寄せキスをすると、楓は恥ずかしさでへにゃりと腰を抜かしてしまった。

「おっと、お姫様は座って待ってたほうがいいな。ほら私の手に掴まって、楓は座ってて。お茶は私が用意するよ」

顔を赤くし、何も言えないでいる楓を、腕を掴んでぐっと上に持ち上げた。

「き、桔梗様！　自分で立てます！　もう……」

「あれ？　また『桔梗様』なの？」

「うぅ……」

「可愛いなぁ、楓は。怒らないで？　本当に座って待ってて」

恥ずかしそうに怒る姿さえ愛しい。からかうと真っ赤になるのも愛しい。その気持ちが溢れて、つい何度も可愛いと言ってしまう。

楓は、戸惑いながらもエプロンを外し、ソファに座った。

「この紅茶美味しい……！　これ山之内先生にいただいた紅茶ですか？」

「そう、取り寄せたものらしいが……。楓が作ってくれたクッキーによく合うな」

二人は寄り添いながら、ミルクティーを手にクッキーを頬張る。

ティーカップを持つ楓の左手薬指には、キラリと指輪が光っている。

「それにしても、あと五年近くも入籍できないなんてなぁ……長い……」

「す、すみません……でも、これは僕なりのけじめで、学生のうちは勉強に集中したいんです！」

「うん、わかってるよ。納得してるから……ただ待ち遠しいだけ」

そう言って指差すのは、リビングの壁際に置いてあるチェスト。

その一番上の引き出しの中には、二人の名前を記入した婚姻届が入っている。

「大学入試、応援してる。だからこの五年は二人きりの婚約期間を楽しむとしよう……」

桔梗はティーカップを持つ楓の左手にするりと触れると、薬指にはめられた指輪を何度も撫でた。

その顔はなんとも穏やかで幸せそうだ。

「はい、僕頑張りますね」

桔梗の手を握り返すと、楓は花が綻（ほころ）ぶように微笑んだ。

エピローグ

――五年後――


楓は、見事希望する大学に合格し、この春、無事卒業することができた。

卒業式の日には、百八本の赤い薔薇と婚姻届を持った桔梗が、校門のところで楓を待ち構えていた。そのまま役所まで連れて行かれ、約束通り入籍したというエピソードは、楓の大学の友人の間では伝説になっている。

勉強と家事、それと長期休みの間のフラワーショップＩＴＯＮＡＧＡでのアルバイトという学生活は思っていたより大変だったが、みすずや和真、そしてなにより桔梗の支えで乗り越えることができた。

不安定だったヒートも、番ができて、心も体も健康になったことで定期的に来るようになり、生活に支障が出ることはだいぶ少なくなった。

桔梗の会社は順調そのもので、最初は高橋一人しかいなかった社員も人数が増え、五年たった今では法人化し、都内にオフィスを構えている。社員のうちの一人は、望月の屋敷で楓と一緒に働いていた美知子だ。

美知子は望月の屋敷を解雇された後、都内で派遣社員をしていて、偶然楓たちと駅で再会したのだ。美知子とは楓が家を出て以来まったく連絡を取っていなかったし、楓がオメガになったことも知らなかったので、二人が一緒にいることにひどく驚いていた。

最初は、突然自分を解雇した望月家の人間にまた関わることをあまりよく思っていなかった様子の美知子だった。しかし、楓のアシストもあってだんだん心を許すようになり、派遣の契約が切れた昨年末に桔梗の会社に入社してくれたのだ。


「おはようございます！　すみません、寝坊しちゃった！　すぐにご飯用意しますね」

楓は慌てた様子でパジャマのままリビングに入ってくると、そのパジャマの上からエプロンをつけた。

「おはよう、楓。日曜日なんだからゆっくり寝ててよかったんだよ」

時間は朝の十時。すでに服を着替えてコーヒーを飲みながら新聞を読んでいた桔梗は、ソファから立ち上がるとキッチンに向かった楓を追いかけた。

四月から桔梗の秘書として働いている楓は、平日は毎朝七時に起きている。疲れているであろう楓を、たまの休みには思う存分寝かせてあげたいと、桔梗はわざと起こさなかったのだ。

「楓、私はもう食べたから大丈夫。それより、どう？　今日は何か食べられそう？」

「うーん……まだ食欲なくて。フルーツなら食べられるかなぁ……」

この一週間、楓の食欲はだんだんと落ち、以前は好きでよく食べていた物も半分以上残すようになってしまっていた。

そのうえ、睡眠のリズムも崩れがちだ。よくうたた寝をするようになり、朝もなかなか起きられない日々が続いている。

疲れやすくなったのか、ソファで横になることも増えた。

「楓、一度病院に行こう。顔色が悪い。これ以上放っておくのは心配だ……それと家事はハウスキーパーを雇おう」

桔梗は心配そうな顔で楓の肩に手を置き、その青白い顔をそっと撫でた。

「桔梗さん、大丈夫ですよ。仕事にまだ慣れてないからだと思うんです。家のことをやりたいのは僕のわがままだし、きっと時間が経てばよくなります！　病院にもちゃんと行きますね」

心配させまいと気丈に振る舞う楓だったが、確かに最近目の下のクマが気になるし、食欲不振が続いているせいで、パンツのウエストも緩くなっていた。

桔梗を心配させないようにニコニコと笑っていた楓だったが、冷蔵庫を開けようと、くるりと体の向きを変えた時だった。

「あ、れ？」

急に目の前がぐるぐると回転して、地面が歪む。

あっという間に立てなくなり、気づけば床の上にいた。

「楓！　楓っ……！」

――あれ？　立てない……桔梗さんが呼んでる……立たないと……

桔梗の声が響く中、楓はすぅーと眠るように気を失った。

爽やかな風と暖かい日差しに、気持ちよく目が覚めた。

――柔らかい……気持ちいいなぁ……あれ？　ここは？

楓はベッドにいた。そして、山之内と桔梗が自分を見下ろしていることに気づき驚いた。

「えっあれ……どうして？」

「楓っ！　よかった……」

「お、目が覚めた？」

横たわったままの楓の額に手を当てる桔梗の表情は、今にも泣き出しそうだ。

山之内は、そんな桔梗をやれやれというふうに見て、苦笑いしている。

「覚えてる？　キッチンで朝食の準備をしようとして、いきなりふらついて倒れたんだ……」

「そして、俺のところに連絡が来たわけ。頭は打ってなさそうでよかった。寝ている間に少し診させてもらったけど酷い貧血だね。応急処置で点滴してるから、少し楽になると思う」

「そうだったんですね……桔梗さん、ご心配おかけしました。先生もありがとうございました」

楓はベッドから身を起こすと、二人に向かって深々と頭を下げた。

桔梗と山之内は、楓の顔色が少し良くなっていたのでホッと胸を撫で下ろした。

「はい、じゃあ今からちゃんと診察するから、桔梗はここから出てって」

「……先輩、ここにいたらダメですか？」

「お前が近くにいると気が散るんだよ。なんかあったらすぐ呼ぶから！」

しっしっとあしらわれるように部屋を追い出される桔梗。

その後ろ姿は、まるで飼い主に怒られて尻尾と耳を下げた大型犬のようで、楓は思わずクスッと笑ってしまう。

「……本当、桔梗は楓くんにべったりだな。一度離れてから余計に……。それじゃあ、診察しようか」

「ふふ……先生、お願いします」

聴診器を取り出す山之内に体を向ける。胸の音を聞き、喉奥やリンパの腫れなど自宅でできる診察は全てチェックしたが、何も異常はなかった。

貧血の症状以外は至って普通で、風邪などの病気ではないと診断したうえで、山之内は問診を続けた。

「うーん……桔梗から食欲がないとは聞いてるけど、それ以外に何か症状はある？」

「症状……えっと、凄く眠たいです。だけど眠りが浅くて夜中に何度も起きちゃったり。……そうそう、急に白米が苦手になりました。炊き立てのご飯の匂い嗅いだら、思わず吐きそうになるくらいで」

「えっ、それっていつから？　……最後にヒートがきたのはいつ⁉」

「に、二週間くらい前です……。最後のヒートは三月の終わり頃でした」

焦って大声を出す山之内に、楓も何か大きな病気かと、神妙な顔つきになってしまう。

山之内はそんな楓の表情を見た後、一度ごほんと咳払いすると、鞄の中から白いプラスチックの棒を出した。

「ごめん、そんなに怖がらなくていいよ。じゃあさ、これ。……ここ開けて、棒のところに尿をかけて、蓋閉めて持ってきてくれる？」

「えっあ、はい。わかりました……」

トイレに向かうが、白い棒を持つ手が小刻みに震えてしまう。

——いきなり、なんだろう……。先生、何も説明してくれないし……。オメガ特有の病気とかだったらどうしよう……

ドキドキと胸が鳴るのを抑え込むように、何度も深呼吸をする。

覚悟を決め、山之内が指示した通りにすると、それを山之内に手渡した。

「あの、山之内先生、僕大丈夫なんでしょうか？」

山之内は楓の質問には答えず、白い棒を黙って見つめているだけだ。

「山之内先生っ！」

黙っていられず、もう一度山之内の名前を呼ぶと、山之内はにっこり微笑み、安心させるかのように頭を撫でた。

「桔梗、こっちに来てくれ」

「どうかしましたか!?」

山之内が部屋の外にいる桔梗を呼ぶと、楓以上に焦った桔梗が、走って部屋に入って来た。

まあまあ、と桔梗を楓の隣に座らせた。

「えー……」と間を置いた後、山之内は拍手をしながら二人に告げた。

「二人ともおめでとう。楓くん妊娠しているよ」

「妊娠、ですか……？」

「そう、眠気や食欲の変化は悪阻の症状でもあるし、簡易検査薬で陽性って出た」

思いもしなかった山之内の言葉に、桔梗は目も口もあんぐりと開きっぱなしだ。

「男性のオメガには月経がないから、最後のヒートで計算するんだけど。妊娠初期だから、体には十分気をつけて。無茶しないようにね」

「は、はい……」

楓も驚きのあまり、「はい」という返事しかできなかった。

「俺から予約入れとくから、ちゃんとした検査しに、明日うちの病院の産婦人科に来てほしい。もちろん俺たち第二性別科も協力して出産までサポートするから安心して。あっ、楓くんはアルコールと煙草はやらないと思うけど、カフェインの取りすぎと生ものを食べるのは控えたほうがいいよ。……他に何か質問はある？」

「え、っと……今のところ大丈夫、です」

その言葉を聞くと、山之内はニカッと白い歯を見せながら笑い、往診バッグを片付け始めた。

「それじゃあ、また。何か不安なことがあったら連絡して。桔梗、父親になるんだからしっかりな！」

「あっ……先生、ありがとうございました！」

玄関まで見送ろうとベッドから立ち上がろうとしたが、山之内にここでいいよ、と止められ、楓はベッドの中から深々と頭を下げた。

――バタン。

玄関のドアが閉まる音がする。

その瞬間、桔梗が、はっと我に返り立ち上がった。

「楓っ……!!」

「は、はい……!」

楓の名前を大声で叫んだ後、急に楓の前にひざまずいた。

見ると桔梗の顔は真っ赤に染まり、漆黒の瞳には涙が溢れ、それが頬まで伝っている。

「いるんだな、ここに……私たちの子どもが……」

桔梗は愛おしそうに、まるで壊れ物を扱うかのように、楓のまだぺたんこのお腹を撫でた。

何度も何度も、温かくて優しいその手がお腹に触れるたびに楓の涙腺は緩み、気が付けば桔梗の手にポツポツと涙を落としていた。

「はい……。ここに僕たちの子どもが……いるんですね」

「楓、ありがとう……。こんなに嬉しいことがあるのか……。必ず幸せにする、楓もこの子も」

涙を流したまま笑う桔梗の手の上に、楓はそっと自らの手を添えた。

「桔梗さん、違いますよ。今でもこれ以上ないくらい幸せなんです……でもこれからもっと、もっと幸せになるんですよ。桔梗さんと、僕と、この子と、三人で……」

柔らかな風が吹く。開けっぱなしにしていた窓からは、まるで天が祝福するかのように温かい日差しが降り注ぎ、二人を包み込む。

「楓、愛してる……」

「桔梗さん。僕も、愛してます……」

どちらからともなくそっと唇が触れ合う。

ベッドサイドに置いてある花瓶に飾られているのは、時期早くに咲いた二本の紫色のキキョウ。

紫のキキョウの花言葉は「永遠の愛」。

その二本の花が、まるで愛し合う二人のように、寄り添いながら風に揺られていた。

番外編　桔梗、はじめてのワンオペ育児

新年を迎え、雪がしんしんと降る元日の夜。

山之内総合病院産婦人科で、一つの命が誕生しようとしていた。


現代の男性オメガの出産は計画出産が基本だ。出産予定日付近に手術の予定を入れ、帝王切開で出産、そのまま一週間ほど入院となることが多い。

楓は予定日を間近に控え、元日は自宅で桔梗と最後の二人きりの時間を楽しんでいた。

「はい、桔梗さん。あっそうだ、お鍋のしめは雑炊にしますか？　うどんにしますか？」

「ありがとう。あぁ、いい匂いだ……。しめは雑炊がいいなあ」

楓は、ほかほかと湯気が立つカニ鍋をお玉ですくい、取り皿に入れると、こたつの向かいの席に座る桔梗に手渡した。悪阻（つわり）もすっかりおさまり、ご飯がおいしくてたまらない。できたてのカニ鍋は、だしのいい香りと取り寄せたカニの身がぱんぱんに詰まっていて、思わずじゅるりとよだれが出そうになる。

「あっ！　カニ用のフォーク、キッチンに置いたままだった！」

楓は今まさに食べようと箸を持ちあげていたが、キッチンに置いたままにしてあるカニフォークを思い出し、取りに行こうとこたつから立ち上がった。

妊娠経過もとても順調にここまできた。

「楓、私が取りに行くよ。お腹が重いのに料理までしてくれてるんだ、もう君はゆっくりしていてくれ。後片付けもフォークを取りに行くのも私がするから」

「もう、桔梗さん僕を甘やかしすぎです！　少しは動いたほうがいいって病院の先生も言ってましたし、フォークぐらい取りにいきますよ。あっでも……片付けはお願いしちゃおうかなー？」

ふふっと笑い、そのままキッチンへ消えていく楓。

四日後に入院する楓のお腹は今にも産まれそうなほど大きくなり、少し動くだけでも息が上がってしまう。

そんな楓が心配になり、桔梗もこたつから立ち上がる。

「楓、大丈夫？　他に持つものある？」

「あっ桔梗さん、やっぱり来てくれたんですね」

顔だけ振り向いた楓の手には、カニフォークだけでなく、飲み物やお菓子までたくさん抱えられていた。

「ジュースと、桔梗さんが好きなこれも買ったんです！　おせちの残りも食べちゃいましょうか」

そう言って、笑いながら桔梗のほうに体を向けた瞬間だった。

ビシャッ……！

「え……？」

突然、水がこぼれるような音がした。

見ると、楓の足元に小さな水たまりができている。その水はちょろちょろと止めどなく流れ、お尻から足を伝って、だんだんと床に広がっていった。

「えっこれ……破、水……？」

「……楓！　タオルと着替え持ってくるから！　入院バッグは玄関だよね？　タクシー会社に電話するから、楓は病院に連絡して！」

桔梗は楓の近くに椅子を持ってくると、楓をサッと座らせた。

それからテーブルに置きっぱなしだった楓の携帯を手渡し、着替えを取りに寝室に走って行ってしまった。

「で、電話しないと……」

――早く電話しないと、赤ちゃんが……

震える指で携帯を握りしめる。

だが、緊張と不安で電話番号を押すことができない。

すぐに着替えやタオルを持った桔梗がリビングまで走って戻って来た。

「タクシー、あと十分くらいで着くよ！　……楓？　大丈夫か!?」

「桔梗さん、ごめんなさい……手が震えて……」

手だけではなく、楓の体全体がカタカタと小刻みに震えている。

破水からの出産のリミットは七十二時間だと本で読んだ。もうすぐ予定日だったとはいえ、いきなりの破水でパニックを起こしそうになっていたのだ。

「大丈夫、楓。ゆっくり深呼吸して」

桔梗は、楓の体を優しく包み込むように抱きしめ、何度も髪の毛を撫でる。

桔梗の温かい手と体温で、だんだんと緊張が解れていく。

——桔梗さんが冷静でいてくれてよかった……僕もしっかりしなきゃ。

「私がいる。大丈夫、大丈夫だよ楓。もうすぐ可愛い私たちの子どもに会える」

「はい……僕、頑張ります！」

力強く楓が宣言する。もう手は震えていなかった。

タクシーが来たので、山之内病院に向かう。車内が汚れないよう、楓の下半身には厚手のバスタオルを巻き、念のためビニールシートも敷いた。

楓の肩を抱きながら乗り込み、タクシーの運転手に行き先を告げると、桔梗の左わきにすっぽりはまっている楓が、桔梗の服をぎゅっと掴んだ。

「き、桔梗さん……」

「どうした楓？」

見ると楓の眉間には皺が寄り、額にはうっすらと汗をかいている。

「痛い……じ、陣痛、きました……」

「……運転手さん、急いでください！」

「は、はい！」

冬の道路を、制限速度ギリギリでタクシーが駆け抜ける。

楓が十分おきに「うぅ……」と痛みをこらえるような声を出す中、二人を乗せたタクシーは予定より早く病院に着くことができた。

楓を抱え込むようにしてタクシーを降りると、病院の玄関にはすでに山之内と看護師がいて、車椅子を用意して待っていてくれた。

「桔梗！　楓くんの様子は？」

「タクシーに乗った直後から陣痛が……あと、さっきまで流れていた羊水がもう出ていないみたいで」

二人が話をしている間に、楓は看護師に支えられ、車椅子に座った。

「先生、用意ができました」

「山寺(やまでら)くん、二階のＬＤＲ室に望月さんを連れて行って。検査して問題なかったらそのまま手術室に」

山寺と呼ばれた女性の看護師は「はい」と返事をすると、足早に車椅子を押しながら去って行った。

無事病院に着いてほっとしたのか、さっきまでは平然としていたはずの桔梗の手はガタガタと震え出し、入院用のボストンバッグを取り落としてしまった。

その様子を見た山之内は、厳しい顔で思いっきり桔梗の背中をバシン！　と打った。

「桔梗、今から楓くんは血液検査をしてそのまま手術室に入る。入ってしまえば産むまで出てこれないぞ。……痛い思いをして頑張ってるのは楓くんなんだから！　こんな時こそ支えてこい！」

その言葉にハッとする。

落としたボストンバッグを拾うと、急いで病院の二階に走った。

「すみません、望月楓の夫です。楓はどこに……!?」

息を切らしながら、すれ違った看護師に楓の居場所を聞く。

あまりの焦りように、尋ねられた看護師は困惑している。

言い方が悪かったか、ともう一度聞こうとした時、後ろのほうから扉が開く音が聞こえた。

「あっいたいた。望月さん、こちらの病室です」

桔梗が振り返ると、そこには看護師の山寺がいた。山寺は病室から顔だけ出し、桔梗に向かってこっちこっちと手招きしている。

「楓さんもう手術室に行かれますよー」

「今、行きます！」

桔梗は楓のいる病室まで走った。

病室に入ると、すでに楓は手術着に着替え、診察台に寝かせられていた。

「桔梗さん。さっき検査終わって……今からいってきます！」

「楓、痛むか？　不安だろう……大丈夫だからな」

痛みで冷や汗をかきながらも穏やかに微笑む楓とは対照的に、桔梗は不安そうに顔を歪めながら楓の前にひざまずいた。

「不安なんてないです。確かに、すっごく痛いけど……嬉しいほうが大きいから。元気な子産むから待っててくださいね！」

そう言いながら、楓は桔梗の頬を一撫でするると、山寺が押す車椅子に乗り手術室に入って行った。

――私が励ますつもりが、楓に励まされてしまった……

少し落ち込む桔梗には、そんな楓の強さがまぶしかった。


手術室の前に置いてあるベンチに座り、祈るようにして待つ。

――どうか無事に終わりますように……

胸の前で両手を握りしめ、何度も何度も心の中で唱える。

時刻は九時、病院の消灯時間で、病室に繋がる廊下の電気が消えた時だった。

「んぎゃー、んぎゃー……」

手術室から聴こえる赤ちゃんの泣き声。

小さいけれど、生きている強さを感じる。そんな泣き声が確かに桔梗に届いた。

「産まれた……」

立ち上がり、小さく呟く桔梗。

その瞳に溢れた涙は、どれだけ拭いても止まることはなかった。

「楓くん、体調どうー？」

退院前日の朝、上田が書類を持って病室に入って来た。

上田は、楓が肉離れで入院していた時の病院を退職し、昨年この山之内総合病院に転職していたのだった。

「由美さん！　おはようございます。正直、全快ではないですけど、この子よく寝てくれてるんでなんとか……」

楓はお腹をさすりながら苦笑いした。上田は備え付けの椅子を引っ張り出し、ベッドに座る楓の隣に座る。

「そりゃそうよ。出産って、交通事故と同じくらいの体の負担なんだから！　それにしても、本当によく寝る子なのねー、小梅ちゃん」

上田は、楓のベッドの横にあるベビーベッドを覗き込んだ。

「小梅」と名付けられた女の子の赤ちゃんは、腕を上げバンザイのポーズをしてぐっすりと眠っている。

「目の色と髪の色は桔梗さんだけど、くりくり二重の目と唇の形は楓くんだよね！　あぁ～可愛い！」

「ふふっ、そうなんです！　本当に可愛くて」

楓はベッドから身を起こすと、小梅の柔らかい髪をそっと撫でる。

ふわふわのミルクの匂いがする小梅を見ていると、心がジンと温かくなり、つい涙腺が緩んでしまう。

「それで？　パパは毎日あそこで寝てるの……？」

上田がひそひそと言いながら指差すのは、病室の端に置いてあるソファ。そこでは桔梗がスーツ姿のまままうとうとと眠っていた。

「あっ、寝かせてあげてください……。明け方のミルクと寝かしつけも桔梗さんがしてくれて。今日は休みだからって、一晩ずっと小梅のお世話してくれてたんです」

小梅が産まれた日、病室に戻って来た楓に、桔梗は泣き腫らした目で何度も何度もありがとうと感謝した。

その日から、正月休みが終わっても仕事を定時で切り上げ、毎日楓と小梅のもとに通ってくれている。ミルク作りやげっぷのさせ方もすぐにマスターし、おむつ替えをする姿もすっかり板についている。そして退院後には、一か月の育休を取ることが決まっているのだ。

「ほんと、あの時はどうなるかと思ったけど……。ねぇ楓くん、よかったね、幸せでしょ？」

上田が、しみじみと六年前に思いを馳せるように楓に聞くので、満面の笑みで楓は答えた。

「最高に幸せです！」

社会人三年目の正月休み。

和真は、実家でだらだらとテレビを観ながら過ごしていた。

勤めている銀行の正月休みは完全に暦通りで、今年は大晦日から三が日までの四日間しかない。

貴重な休み、どこかへ出かけようとも思っていたが、普段の仕事のストレスのせいか外出するのが億劫で、今日もこたつでごろごろしているうちに、うたた寝を始めてしまった。


そんな一月二日の午後、和真は一本の電話で飛び起きることとなる。


プルルルル、プルルルル……

こたつの上に置いたままの携帯が鳴る。

——正月から一体何だよ……

和真はこたつに寝転がったまま、手を伸ばし携帯を取る。

面倒くさいと思いながらも画面を見ると、そこには〝みすずちゃん〟の名前。

——親族の集まりって明日じゃなかったっけ？　何の用事だろ？

そう思いながら着信の応答ボタンを押す。

「あけおめー、みすずちゃん。どうしたの？」

『あけおめー、じゃないわよ！　あのね、桔梗さんから電話が来たんだけど、昨日赤ちゃん産まれたんだって！』

電話越しでもみすずが喜んでいるのがわかった。声を弾ませ、興奮しているのか、だんだんと声が大きくなる。

和真も驚き飛び起きたが、それと同時に心がすーっと冷えていくようだった。

――そっか、わかっていたことだったけど……ちょっと辛いな。

「あ、あぁ……そうなんだ。元日におめでたいね」

なんとかみすずに気づかれないよう〝おめでとう〟の言葉を言うけれど、どうしても笑顔が引きつってしまう。電話でよかった。

楓に振られてからもう何年も経っているし、今更楓とどうこうなれるとは思っていない。もう楓は桔梗と結ばれたのだから。

吹っ切れたつもりだった。あれから彼女がいたこともあったし、その子のことは好きだと思っていたように思う。もう過去のことだと思っていた。

だが、どうしてもオメガの人間とは恋人になることができなかった。和真がアルファだと知って近づいてくるオメガは男女問わずたくさんいたが、あのオメガ特有の匂いが漂ってくるたびに、もう今では自分にはわからなくなった楓の匂いを思い出して、胸が苦しくなってしまうのだ。

『ねぇ、和真！　ちゃんと聞いてる⁉』

ぼんやりと物思いに耽る和真の耳に、みすずの怒ったような声が響いた。

その声があまりにも大きくて、思わず和真は携帯を耳から離した。

「ごめん、ごめん。ちょっとぼーっとしてた」

『もう、正月休みでたるんでるわねぇ。ま、いいわ。じゃあ三時に迎えに行くから。ちゃんと準備しておいてよ』

「……えっ!? ごめん。ちゃんと聞いてなかった。三時？ どこに行くの？」

慌てて聞き直すと、みすずは『はぁ……』とため息をつきながら答えた。

『だから、出産のお祝いに行こうって言ったの。桔梗さんには了承済みだし、バラバラで行くより一緒に行ったほうが楓くんも何度も対応しなくて済むでしょ？ あっ、長居はしないわよ！ 楓くんも桔梗さんも疲れてるんだから』

「そっか、わかった……」

『可愛いご祝儀袋買っておいてよかったー』とはしゃぐみすずの声を聴きながら、和真は胸の苦しさを押し殺して返事をしたのだった。


時刻は午後三時五十八分。約束の時間二分前だ。

みすずと和真は病室の前に立つと、意気揚々と扉をノックした。

「はい、どうぞー」

中から楓の声がする。少し高めの、懐かしい声だ……

その声が聴こえるとすぐ、みすずは病室のドアを開けた。

「楓くーん！ 出産おめでとー!!」

「みすずさん、和真さん、こんにちは！」

中に入ると、楓はベッドに腰掛けながら、赤ちゃんにミルクをあげている途中だった。

最後に会った時より短くなったショートヘアを耳にかけ、微笑みながらミルクをあげる姿は、もうどこからどうみても完璧な母親の姿だった。

みすずが勢いよく楓と赤ちゃんに駆け寄っていく姿を見て、和真は邪魔にならないようにと少し離れたところから声を掛けた。

「楓くん、久しぶり。出産おめでとう」

「和真さん、ありがとうございます！　三年ぶり……？　ですね」

楓は和真に柔らかく微笑むと、ミルクを飲み終わった赤ちゃんを縦抱きにし、背中を優しく叩いた。生まれたばかりの赤ちゃんはあまりに小さくて、お世話するのも大変そうだな、などとぼんやり考えていた。

二人が会うのは、和真の大学の卒業式の日以来だった。式典が終わり家に帰る途中、みすずに呼び出され、店に寄るように言われた。和真が店の扉を開けると、みすずと楓と桔梗がクラッカーを手に待ち構えていて、卒業パーティーを開いてくれたのだった。

その後、和真が今の会社に入社して仕事が忙しくなり、電話をすることはあっても、こうやって対面したのは三年ぶりだった。

「髪……短くしたんだね」

「あ、赤ちゃんいると短いほうが楽だって聞いて……」

楓は小梅と名付けたらしい赤ちゃんをベビーベッドに置き、和真の方に向き直る。

夕日がカーテンの隙間から差し、それが楓に反射し、栗色の髪とグリーンの瞳がキラキラと輝く。

——きれいだ。

そう思った瞬間、ぶわっと体温が上がった。

あまりの美しさに、和真は思わず目をそらしてしまった。

と、その時。部屋をノックする音が聞こえた。

「楓、入るよ?」

ガチャリとドアノブが回り、ドアが開く。

腕に何本もジュースやお茶のペットボトルを抱えた桔梗が部屋の中に入って来た。

「みすずさん、和真くん、お久しぶりです。今日は小梅を見に来てくれてありがとうございます」

そう言いながら、桔梗は売店で買って来たであろうペットボトルを机に並べ始めた。

みすずは、桔梗に会いまたテンションが上がったのか「桔梗さん、おめでとー!」と大声をあげている。和真も桔梗に挨拶しようと、二人を見た時だった。

和真の目には、楓の体を労わるように優しく頭を撫でる桔梗と、そんな桔梗を優しく見つめる楓の姿が映った。

お互いを愛し、慈しんでいるのがよくわかる——そんな姿だ。

「す、すみません! ちょっと、お手洗いに……」

和真はその場に居るのが苦しくなり、部屋から飛び出した。

部屋から出たものの、本当はお手洗いに用はない和真は、とりあえず楓の病室から少し離れたベンチに座り込んだ。

——あー、変に思われたかな。俺まだ吹っ切れてないんかな……

「せっかく、久しぶりに会えたのにな……」

和真は、はぁ……と一つ息を吐くと、両手で顔を覆い項垂れた。

ちゃんと笑顔で部屋に戻れるかな、と頭の中で考えている時だった。

「あの、どうしました⁉」

「……え？」

頭上から聞こえた女性の声に、和真はぱっと顔を上げた。

「気分が悪いですか？　えっと……先生呼びましょうか？」

女性は、職場用らしき携帯を見ながら「どうしよう……」と呟いている。

「いえ、あの俺は大丈夫なんで……」

和真は女性を安心させるように、今の自分にできる最大限の笑顔で言った。

だが、和真の顔を見た女性は急に険しい顔つきになり、和真の前で仁王立ちした。

「そんな引き攣った笑顔で何言ってるんですか！　お見舞いに来た方が病院内で倒れたりしたら、お見舞いの意味がないじゃないですか！　……と言っても私は医者や看護師じゃなくて、病院事務だから何もできないけど……とりあえず近くにいる看護師呼びますね」

そう言って彼女は再び携帯を手にし、電話をかけようとした。

――まずい。大事になったら楓くんにも桔梗さんにも知られてしまう……！

焦った和真は慌てて女性の手を掴み、自分のほうへ引き寄せた。

女性は腕を引っ張られた衝撃で、和真のほうへ倒れ込んでしまった。

「本当に違うんです！　その、失恋してしまって……！」

「失恋……？」

和真の大声に、女性はぽかんと口を開けたまま茫然としている。

女性からふわっと花の香りがし、そこでやっと和真は自分が女性を勢い余って抱きしめてしまっていることに気づき、慌てて体を離した。

「あ、すみません。いやその……だから本当に体調が悪いわけじゃなくて」

「大丈夫ですよ。あの、もしかしてなんですけど。失恋って……楓くん……？」

女性の口から楓の名前が出たことに驚き、和真は思わず、えっ！　と大きな声を出してしまった。

動揺して、何か言おうとするのだが、肝心の口はぱくぱくとするばかりで言葉が出ない。

「あー……やっぱり。このフロアで今入院してるの、楓くんだけだからねぇ。もう番になってるから大丈夫なんだけど、楓くんオメガだから念のためそうなって……」

「そうだったんですね……」

「私、六年前楓くんが足のケガをした時に知り合って、それから友達なの。あ、ここで事務やってる上田って言います」

上田はよろしく、と言いながら右手を和真の前に差し出した。和真もそれにつられるように、右手を差し出すと上田の手に重ねた。

「先ほどはすみませんでした。糸永和真です。楓くんが前に働いていたところのバイト仲間でした」

「糸永さんね！　それで、糸永さんは今日振られたの？」

上田はにこにこと笑いながら痛いところをつく。

和真は上田の発言に胃を痛めながらも、なんとか笑顔で答えた。

「いや、もうずいぶん前のことです。二人の間に割って入ることはできませんでした」

「まぁ、あの二人運命だしね。なんで一回別れたのかわからないくらいラブラブで、見てるほうが胸やけしそうよ」

上田の言葉に、和真は何も言えなかった。あの時、項を噛もうと思えば噛めたはずだった。それなのにそうしなかったのは、楓を愛していたから。そしてもう一つ、やっぱり運命には敵わないと思っていたからだ。

「あなた、アルファでしょ？　私オメガだから、なんとなくそういうのわかるの。私アルファの男とも付き合ったことあるけど、みーんなヒート目的だったよ。本当、アルファ最悪！　って思ったことも何度もあるの。……だから、あなたは凄いね。相手の匂いがわからなくなっても、誰かのものになっても、それだけ人を愛せるなんて」

上田は、足を組みながら遠くを眺めているようだった。

「だからさ、またきっと誰かを愛せるようになるよ！　それまでは、心の中で楓くんを好きでいてもいいんじゃない？　あっ、でも手を出しちゃダメよ！」

「ははっ、手なんか出しませんよ！　桔梗さんに殺される！」

上田が明るく話すのにつられて、つい和真も笑っていた。

――楓くんのことを笑いながら話せたのっていつぶりだろう……

しばらくの間、二人で談笑していたが、楽しい時間はあっという間に過ぎる。

「あっ私、そろそろ行かなくちゃ！」

上田は立ち上がるとスカートの皺を両手で伸ばし、それじゃあと手を振った。

「あっ、待って！　上田さん、下の名前教えてください！」

咄嗟に、和真は上田を引き留めた。

和真が自分から女性に名前を聞くのは、楓に振られて以来、初めてのことだった。

上田は、一瞬迷った表情をした後、ニッと笑った。

「今度、また会えたら教えてあげる。じゃあ元気でね、糸永さん！」

小走りで走っていく上田。その後ろ姿を、和真は困ったような笑顔で見送った。

「今度ってなんだよ……。でも上田さん……また会えそうな気がするな」

ふぅ……と息を吐き立ち上がる。

和真は今度こそ自然な笑顔で、楓たちが待つ病室に戻っていった。

「おむつはここに置いてあります。泣いてなくてもうんちしてる時があるから、時々確認してください
ね」

「わかった」

「ミルクの作り方……はわかりますよね。飲ませる時間と量はキッチンにメモしてあるから、もし
わからなくなったら見てくださいね」

「わかってる」

「あと、小梅はゆらゆら揺すって寝かすより、スクワットで縦揺れのほうが」

「楓、大丈夫だから」

四月、暖かな日差しに花や動物たちが目覚めだす季節。

望月家では、心配そうな表情の楓と、にこにこと微笑む桔梗が向かい合っていた。

「そりゃ、楓に比べたら育児の経験は乏しいけど、一日一人で育児できるくらいにはやってきたつ
もりなんだ。だから心配しないで？」

「わかってます！　僕だっていつも桔梗さんのこと見てるから。おむつ替えもミルクも桔梗さんが
できることは知ってます！」

でも……と口を濁す楓。

出産して三か月。今日は久しぶりに一人で外出する予定なのだ。

出産すると、一時的にフェロモンが変化し突発的にヒートが起きたり、逆に一年以上ヒートがこなかったりすることがあるため、出産三か月ほどで検診に行かなければならないのだ。

楓は最初、小梅を連れて病院に行く予定だった。山之内総合病院では、事情を伝えれば助産師が見ていてくれるからだ。

だが、上田とたまたま連絡を取った時、病院に行くことを知らせたところ、せっかくだからとランチに誘われたため、この日は桔梗が小梅を見ることになったのだ。

「久しぶりにゆっくりしておいで。この三か月、一人の時間なんてなかっただろう?」

「……はい。じゃあお言葉に甘えさせてもらいますね。夕方には帰りますから！　何かあったら連絡くださいね！」

「わかったわかった。ほら、そろそろ時間だろう？　小梅が寝ている間に行っておいで」

桔梗はなおも心配そうな顔をする楓の肩に手を置くと、そのまま楓のカバンを持ち、玄関まで連れていく。

桔梗はコートハンガーに掛けてある楓のトレンチコートを楓に着せた。

「出かける前に、君の可愛い笑顔が見たいな」

「もう、桔梗さんたら何言ってるんですか！」

桔梗のきざなセリフに思わずクスクス笑ってしまう。

「それそれ、可愛いなぁ。……じゃあ気を付けて」

「はい、行ってきます」

見つめあい、ちゅっ、と軽いキスを交わす。

最後に楓がハグを求め、桔梗もそれに応えると、楓は手を振りながら歩き出したのだった。

ガチャンとドアが閉まると、桔梗はフッと笑い、独り言を漏らした。

「俺に任せるのを心配していたけど、やっぱり嬉しそうだったな……」

出かける直前の楓の笑顔を思い出す。

楓と小梅の退院後一か月は桔梗も育休を取り、一緒に小梅のお世話をした。夜泣きも、お互い寝不足が続かないよう交代し、楓の体を労ってきた。

だが、産後二か月目に桔梗の育休が終わってからは、家にいない分、どうしても負担を等分にすることは難しい。結果として、ほとんど楓一人で小梅のお世話をしていたのだった。

責任感が強く人を頼るのが苦手な楓は、疲れた顔をしながら一人で育児や家事を抱え込んでいて、桔梗はずっとそれが気がかりだった。

「小梅が起きる前に、上田さんに連絡しておかないと……」

そう言い、ジーンズのポケットから携帯を取り出した時だった。

「おぎゃー、おぎゃー」

小梅の泣き声が聞こえる。

「さあ、プリンセスのお目覚めだ」

桔梗は取り出した携帯をジーンズのポケットに突っ込むと、小梅の待つリビングへ早足で急いだのだった。

リビングの扉を開けると、小梅はベビーワゴンの中、声が嗄れそうなほど大きな声で泣いていた。

「はいはい、小梅ちゃん。パパですよー」

そう言って、泣きじゃくる小梅を抱き上げた。

小梅はちらっと桔梗の顔を見ると、さらに火が点いたように泣き出してしまった。

もしかして小梅、パパのこと嫌いなのかな……？　と少しショックを受けるが、気を取り直して愛娘を抱き上げる。

横揺れ、縦揺れ、子守歌、あらゆる手段を試したが、一向に泣き止む気配がない。

「これはまいったな。ミルク……はまだ飲んだばかりだし、おむつか！」

おむつが入ったバスケットから一枚取り出すと、桔梗は慣れた手つきでおむつを替える。

おむつがさっぱりしたことで小梅の機嫌は次第によくなり、桔梗が使用済みのおむつを捨てに行っている間に、またすやすや眠りについたのだった。

「はー、やっと泣き止んでくれた……」

そっとベビーワゴンに小梅を寝かせ、ソファで一息つく。

壁に掛けてある時計を見ると、時刻は午前十一時。まだ楓が出かけてから一時間しか経っていなかった。

「嘘だろ、一日仕事したくらいの感覚なんだが……」

楓が帰ってくるまで約六時間。桔梗は少し不安になり、片手で目を覆った。

しかし、落ち込んでいる暇はない。次いつ小梅が目を覚ますかわからないからだ。

桔梗はちらっと小梅を見る。

スースー寝息を立てて眠っていることを確認した後、桔梗は足音を立てないようキッチンに向かった。

「早く食べないといつ起きるかわからないし、これでいいか」

備蓄の棚から取り出したのは、熱湯を注いで三分で食べることのできるカップラーメンだ。

体に悪いという理由で普段は食べない。

桔梗は久しぶりに食べることにウキウキしながら、やかんに水を入れ火にかけた。

お湯を沸かしている間に、フタを半分はがし粉末スープを麺の上にかける。

予習は完璧。次の小梅のミルクの時間は一時間半後だ。

それまで寝ていてくれれば、食後のコーヒーまで飲めるかもしれない。

そう思った桔梗は、コーヒー豆を取り出すと、ミルにかけ始めた。

なるべく音を立てないように慎重にミルを回す。ちょうど豆を挽き終えた時、やかんが沸騰しピーと音を立てた。

「よかった、これならなんとか食べられそうだな」

お湯を容器に入れ、三分のタイマーをかける。コーヒーもいつでも飲めるように、挽いた豆をフィルターに入れドリッパーにセットした。

その時だ。

「んぎゃー、んぎゃー」

キッチンまで聞こえるほどの大きな泣き声が桔梗の耳に届いた。

と同時に、ラーメン完成の合図の三分タイマーが響きわたった。

「嘘だろ……ラーメン……」

お湯を入れてしまったから、もう取り返しはつかない。

桔梗は、伸びきったラーメンを食べる覚悟をして、小梅のもとに走ったのだった。


「小梅、どうして寝てくれないんだ……」

桔梗は小梅を抱っこしたまま、ベビーベッドを前に疲労困憊していた。

目が覚めた小梅は、今度こそ楓の抱っこを求めていたのだろう。

桔梗の姿を見るなり、余計に火がついたように泣き出したのだった。

どうしたらいいかわからないが、それでも放っておくことなどできず、ありとあらゆる方法で小梅をあやした。

抱っこで横揺れ、お気に入りのオルゴールミュージックをかけてトントン、渾身のいないいないばぁ……は絶対楓には見られたくない。

やっとのことで小梅が泣き止み、ほっとしたのも束の間。

今度は小梅のお尻からぷーんと香ばしい匂いが漂ってきた。

「今度はおむつか……。いつになったら俺はラーメンが食べられるんだ」

「きゃっきゃっ」

「はいはい、小梅ちゃん。すぐにおむつ替えますね～」

この時桔梗は、小梅はおむつを替えればまたすぐ眠るだろう、と考えていた。

手際よくおむつを替え、小梅をベビーベッドに置き、リズムよく胸のあたりをトントンと優しくたたく。

――よしよし、このまま寝てくれよ。それにしても小梅は楓に似て本当に可愛いなぁ……

小梅の可愛さに、思わず目がハートになってしまう。

優しいパパの顔をして、トントンを続けた。

しかし、五分、十分……トントンする優しい父親の顔に、だんだん焦りが見え始めた。それもそうだろう、小梅は桔梗の顔をキラキラした瞳で見つめたまま、一向に寝る気配がないからだ。

もうこうなったら、ベビーベッドの横にテーブルを持ってきて、ここで食べるしかない、そう決めると、なるべく刺激しないようにゆっくりと小梅から離れようとした。

「小梅、寝ないのかなー？　パパね、まだお昼ごはん食べてないから、ここにご飯持ってきていいかなぁ」

「んぎゃー！」

「どうして……」

桔梗が離れようとしたのがわかったのか、小梅はまた泣き出してしまった。

――楓がいなくて小梅も寂しいんだろうな。

桔梗は小梅の柔らかい髪をそっと撫で、首を支えるようにして優しく抱きしめた。

「よしよし、小梅。抱っこするからね」


その頃、楓は病院の診察が終わり、上田とランチをしていた。

「結果は大丈夫だったの？」

「はい、フェロモンの数値も異常はなくて。このままだと来月か再来月にはちゃんとヒートが来るみたいです。……それにしてもこんなオシャレなカフェ、久しぶりだなぁ！」

上田が誘ってくれたカフェは、ＳＮＳで若者に人気があって、予約も一か月待ちの超人気店なのだ。

上田は、この店一番人気のリコッタチーズのパンケーキを一口食べると、人差し指を立てながら得意満面の笑みで楓に言った。

「そりゃ、楓くんの診察日が決まった日に予約取ったからね～！　ね、パンケーキ美味しいでしょ。このレモネードも頼んじゃおうよ！」

「わっ！　このレモネード、薔薇が刺さってる！　これが『映え』ってやつかぁ……」

楓は、久しぶりに周りを気にせず、自分のペースで食事ができることに幸せを感じていた。

できたてのパンケーキを前に写真を撮り、友人と喋りながら最新のドリンクを飲む……こんなの、まるっきり遠い世界の話みたいになっていた。

――こんなに楽しいことだったんだなぁ……

だけどやっぱり気になるのは、愛しい旦那様と娘のこと。食事をしながらでも、携帯が鳴らないか気になってしょうがない。

「由美さん。今日はありがとうございました！　こんなにゆっくり過ごした日は久しぶりで、すっごくリフレッシュできました。でも、あの、そろそろ小梅のことも気になるし、帰ろうかなって……」

そう言いながら、楓はテーブルの下に置いてある手荷物入れから自分の鞄を取り出した。

「待って、楓くん！」

上田は鞄を持つ楓の腕を掴むと、大声で楓を引き留めた。

「ま、まだ昼の二時じゃない。私、楓くんと服選びたくてさ。それだけ付き合ってよ！」

「あっ、でも……」

「大丈夫！　桔梗さんには私が言っておくから、ね！」

半ば無理やりのようだったが、上田の必死な様子に楓は「はい……」と首を縦に振った。

「見て見てこれ！　雑誌に載ってたワンピース！　可愛いよね〜。ピンクも可愛いけど水色も捨てがたいなぁ。ねぇ楓くん、どっちがいいと思う!?」

「え、っと、どっちも似合うと思う……」

「そうかな？　あっ！　あっちの服屋さんも行ってみようよ」

　由美に強引に手を引かれ、向かいの店に連れていかれる。楓はあまりの人と店の数に、ただただ驚いていた。

　ここは某ターミナル駅近く、最近できたばかりの大型商業施設だ。中には人気の飲食店をはじめ、最新のファッション、雑貨、コスメのきらびやかな店がぎっしりと立ち並んでいた。どこまで歩いても終わらないいんじゃないかと思うほどに広い店内。話題のアイテムはここに来れば全て揃う、と言われるほどの店舗数がある。

「ねぇ！　これ、楓くんに似合うと思うんだけど」

　そう言って由美が持ってきたのは、薄いピンク色のリネンシャツだった。

　触ると、素人でもわかるほど上質な布地に丁寧な作り。薄いピンクの色味があまりに綺麗で、楓は思わず息をのんだ。

「わぁ……凄く素敵……」

「でしょ！　このお店、女性の服も男性の服も取り扱ってて最近人気なんだ。このピンク、絶対楓くんに似合うと思って。あっ、これに合うベージュのセットアップ見つけたから一緒に試着してみようよ！」

「う、うん！」

そして、あれよあれよという間に楓は服を手渡され、試着室に押し込まれてしまった。

――こんな素敵なお店で試着してるなんて！　というか、こうやって服を選ぶなんていつ以来だろう……？

記憶を辿ってみても、結婚してすぐ妊娠したこともあり、子どものことと仕事で精一杯で、自分のことなど何もできていなかった。

「久しぶりの友人との買い物」その響きだけで楓の頬は緩み、心は躍るようだ。

鼻歌を歌いながら、着替えようとピンクのシャツを手に取る。試着なんていつぶりかなあ、とうっとりしながらボタンを一つずつ取り、目の前で広げた時だった。

左腕の先からタグが見えた。

――これセールとかになってないかな？　安くなってたら買っていいかなぁ。

そう思いながらタグを手に取る。

その瞬間、楓の表情から笑みが消えた。

そしてすぐさま持っていたシャツとセットアップを丁寧に畳み直すと、一度も着ずに試着室のドアを開けた。

「由美さん！　ちょっとこれ、着れない！」

「えっどうして？」

「だって、これ……」

そう言いながらタグを由美に見せる。

『リネンシャツ　25，000』『セットアップ（ベージュ）42，000』

どれも楓が着たことのない値段の服だった。

楓は持っているのも不安なのか、一刻も早く試着室を出たそうにそわそわしている。

「まあ、ここそういう店だしね。買わないにしても、一回くらい着てみれば？　次いつ来れるかわからないし、ね！」

「……着るだけですよ！」

確かにこんなチャンス、次はいつになるかわからない。

そう思うと、ここで何もせず帰るのは後悔しそうで、楓はまた試着室の中に引っ込んでいった。


五分後。

「ど、どうかなぁ……？」

自信のなさそうな声と共に、試着室のドアを開ける。

つい照れ笑いをしてしまう。

試着室の中の鏡を見てびっくりした。

薄いピンクのシャツは楓の顔色を明るく見せてくれたし、薄手のジャケットは華奢な楓の体にもぴったりとフィットしていた。体のラインも美しく見せてくれるような気がする。

「やー！　凄い似合う！　なんか楓くんのために作られた服って感じ！」

「言い過ぎですって……。でもありがとうございます、なんかこういうのっていいですね……」

何度も鏡で自分の姿を確認する。

――でも、さすがにこんなの買えないや。いい思い出にしておこう……

ちょっぴり寂しい気持ちになりつつ、「着替えますね」と由美に伝え、試着室に戻った。


時刻は午後五時。二人は駅の改札口にいた。

「もう夕方ですね……。由美さん、今日はいろいろありがとうございました！　凄く楽しかったです」

「そんな、こちらこそ！　……最後に、はいこれ」

そう言って楓に手渡したのは、先ほど楓が試着した素敵な店のショッパーだった。

「えっこれ、由美さんの服じゃ？」

「これはプレゼント！　ほら、早く受け取って」

胸に押し付けられるように渡されるショッパーを慌てて受け取り、中をそっと確認する。

そこには――

楓が試着していたピンクのシャツとベージュのセットアップが入っていた。

驚いた楓は、そのまま袋を返そうと、由美にショッパーを差し出した。

「由美さん、こんな高いの受け取れません！」

「いいから！　もう何も言わずに貰ってよー……」

「ダメです！　ならこれ返品してきますね！」

楓は語気を強めながら言うと、そのまま店に戻ろうと踵を返した。

その時だった。

「ちょっと待って！　返しちゃダメだよ、絶対！」

「なんでそこまで……」

「……それ、本当は桔梗さんからのプレゼントなんだ」

「……！　それ、どういうことですか……？」

店に戻ろうとしていた足を止め、由美を振り返った。

見ると、由美は下唇を噛み、片手を額に当て「しまった」という顔をしていた。

「桔梗さんからって、どういうことなんですか⁉」

楓は由美に詰め寄りながら語気を強めた。

「……言わないでって言われてたから隠していたけど……。まあでも、私からこんなに高いもの貰うなんてびっくりしちゃうよね。そりゃそうだ。しょうがない、もう全部話すね」

由美は眉間に皺を寄せながら、楓の肩を優しく叩くと、一つ息を吐いた。

「実はね、二週間くらい前に山之内先生経由で桔梗さんから連絡があったのよ。……『楓を、息抜きにどこか連れだしてやってくれ』って」

「えっ……桔梗さん、僕にそんなこと一言も……」

「私も突然だったからびっくりしたわよ！　……でね、話聞いたんだけど。楓くん、あなた出産してからずーっと一人きりで育児と家事やってるんでしょ。桔梗さん、いくら言っても休もうとしないって心配してたわよ」

由美は呆れた顔で楓の鼻先を人差し指でツンと押した。

「そんな……！　体力は少しずつ戻ってるし、桔梗さんは朝から夜まで働いてるんだから、家のことや小梅のことは僕がちゃんとしないと、って……思って……」

由美の発言に楓は驚き、反論した。

出産後の体は、交通事故にあった時と同じくらいのダメージを受けていると言われる。産後一か月ほどは子どもの世話以外は寝ていなければならない。帝王切開で子供を産んだ楓には、お腹の傷もあった。

桔梗は一か月育休を取り、楓をばっちり支える予定でいた。しかし、育休中でさえ桔梗が「楓は休んでいて」とどれだけ言っても、「平気です！」と答え、小梅が寝ている間に家事などをこなしていたのだった。

桔梗の育休明けには、これからは一人で頑張っていこうと、なおさら張り切る楓だった。

しかし、細切れ睡眠な上、ゆっくりと食事をすることもできない楓の目の下にはクマができ、日に日にやつれていっていた。そんな楓の姿を、桔梗はずっと心配していたのだという。

「家のこととか、小梅ちゃんのことをちゃんとしたいのはわかるよ？　でも、桔梗さんは楓くんが一番大切なんだから、もっと自分を大切にしなくちゃ。『楓の体調次第だけど、できれば一日満喫できるようにしてほしい。ショッピングや外で食事なんてしばらくしていないから、目一杯楽しんできてほしいんだ』って言ってたよ」

だからこの服も、桔梗さんからのプレゼントってこと。

そう言いながら、さっきのショッパーを指さす。

「桔梗さん、僕のこと心配してくれてたんだ……。どうしよう、凄く嬉しい。今、凄く桔梗さんに会いたいです……！」

「うん。きっと今頃桔梗さんも小梅ちゃんも、楓くんが帰ってくるの待ってるよ」

「はい、由美さん、今日はありがとうございました！」

「こちらこそ！　……あ！　帰る前に一つ、報告しときたいことがあって、それだけ聞いて……」

さっきまでにこにこしていた由美が、急に頬を赤らめながら顔を伏せた。

「あのさ、糸永和真さんって……知ってるでしょ？」

「え、はい……。和真さんは花屋でアルバイトさせてもらってたときに凄くお世話になったけど……。由美さんも和真さんを知ってるんですか？」

楓の問いに、由美はさらに顔を赤らめながら「うん……」と呟いた。

「和真さんと初めて会ったのは、楓くんの出産のお見舞いに来た時なんだけど……。実はこの間、たまたまうちの病院に運ばれてきて、世間話してるうちに仲良くなっちゃって。『退院したら快気祝いに食事に行こう』って誘われてるんだ……」

いつもはつらつと元気で明るい声の由美が、だんだんと自信なさげな声になっている。

「それで……？」

「私、大人になってからデートって久々で、どうしたらいいのかわかんないのよ。しかも和真さんはアルファなのに偉そうにしないし、優しいし、面白いし、私がオメガって知った後も笑顔で接してくれるのよ……。こんなのもう……」

「由美さん、それって和真さんが好きってこと……？」

首を傾げながら恐る恐る尋ねると、由美は両手で赤くなった顔を隠しながら黙って頷いた。

それを見て、今度は楓の頬が赤くなった。

自分の大切な友人たちの間に恋が芽生えていることに胸が熱くなる。

「僕、応援します！　二人とも僕の大切な人だから、うまくいくように祈ってます！」

楓が由美の手を握りながら食い気味に話すと、由美はそこでやっと顔を上げた。

「うん……同じオメガとしていろいろ相談したいし、また会ってね。……でも今日はもう帰らなくちゃ。桔梗さんと小梅ちゃんが待ってるよ」

にっこりと微笑んだ由美は楓の手を握り返し、優しく肩を叩いた。

「はい！　……由美さん、今日はありがとうございました！　ゆっくり食事できたのもショッピングを楽しめたのも、由美さんのおかげです！」

楓は深く頭を下げると、ショッパーを大事そうに抱え、愛する桔梗が待つ家へ走り出した。

駅まで走り、発車寸前の電車に駆け込む。

まだ四月の夕方、肌寒い時期だというのに、全力で走ってきた楓の頬には汗が伝っている。

電車の扉に背を預けながら、上がる息を抑えるように静かな深呼吸を繰り返す。

胸元に抱えるショッパー。その白い袋を見るたびに頬が緩んだ。

――桔梗さんからのプレゼント。育児にいっぱいいっぱいな僕のこと、ずっと見ていてくれたんだ……。早く、早く会いたい……

袋の形が崩れるほど抱きしめながら、桔梗の顔を思い浮かべる。

降車駅までの三駅を、これほど長く感じたことはなかった。


電車から降り、家に向かう。

沈む夕日を背中に受けながら、坂道も上りの階段も意気揚々と駆け足で走る。

そうして、いつもは十分かかる道のりを五分も短縮して、家の前に着いた。

荒い息を整えて「小梅が寝ているかもしれない」と敢えてチャイムを鳴らさず、そっと玄関のドアを開ける。

「ただいま……。桔梗さん、小梅？」

たたきで靴を脱ぎ、小さな声で足音をたてないようそっとリビングのドアに近づく。

すると中から、リビングで使っているベッドメリーのオルゴール音が聴こえてきた。

――小梅、リビングで寝てるのかな？

ゆっくりとドアノブに手をかけ扉を開けると、リビングは薄暗く、暖色に光るフロアランプしか点いていなかった。

目を凝らしても、そこには桔梗も小梅の姿もなく、不思議に思いながら楓はリビングの電気を点けた。

「あれ？　もしかして桔梗さんも寝ちゃったのかな……？　どこにいるんだろう」

ベッドメリーのスイッチを消し、コートを脱ぎながら、桔梗を捜しに行こうとキッチンへ向かおうとした時だ。

ガチャッとリビングのドアが開き、それと同時に桔梗の爽やかなシトラスの匂いが部屋に入ってきた。

「……！　桔梗さん！　ただいまです！」

振り返るとパジャマ姿の桔梗がいた。

楓は駆け寄ると、微かに匂う桔梗のフェロモンとシャンプーの香りにうっとりし、無意識に桔梗の胸板に頬を擦り付けた。

「楓、おかえり。検診どうだった？」

「検診、大丈夫でした！　全て正常で、このままいけば来月か再来月にはヒートが来るそうです！」

「そうか。よかった、安心したよ……」

桔梗は、ふう……と安堵の息を吐くと、両腕で楓を抱きしめた。

サラサラの髪の毛に何度もキスが降る。

——ずっとこうしていたいけど、でも……

楓が意を決して、桔梗の腕の中でもぞもぞと動き出す。

「どうした、楓……？」

「あ、あの、小梅はもう寝てますか……？　今日大変だったでしょう？」

顔を上げ、まずは今日の様子を尋ねる。

「ちょうど楓が帰ってくる少し前に寝たよ」

桔梗はウインクし、ホッとした様子で眉間を揉んだ。

「……それにしても大変だった。予定通りにはいかないと思ってたがこれほどまでとは……。ミルクをあげるのもおむつ替えもできていると思ってたけど、それは楓がいてくれたからだった。実際は寝かしつけには時間がかかるし、ミルクも手早く作れなくて、小梅をたくさん泣かせてしまった。部屋も君が帰ってくる前には綺麗にしようと思ったけど、こんな状態で……」

桔梗は、はぁ……と疲労感たっぷりのため息をつきながら、リビングの中央を指さした。

見ると、ソファの上にはおむつが何枚も散乱し、リビングテーブルの上には使い終わった哺乳瓶と汚れた小梅の服が乱雑に置かれている。

「いつも、家事や小梅のお世話ありがとう。改めて楓に感謝しないといけないなって思った。……楓、毎日ありがとう」

「そんなっ！　僕のほうこそ桔梗さんに感謝しています……！　桔梗さんがいてくれるから僕は毎日頑張れるんです……！」

そう言い終わるや否や、楓は両手で桔梗の頬を掴み、柔らかい唇を桔梗の唇に押し付けた。

桔梗を誘うように下唇を甘噛みし、頬や耳に啄（ついば）むようなキスを何度も何度も繰り返す。

桔梗もそれに応えるように、楓の顎を指先で持ち上げると、噛みつくようなキスをした。

舌先で楓の歯列をなぞり、舌全体を柔らかく絡ませる。

桔梗の舌が楓の上あごのザラザラした部分に触れた瞬間、「んんっ……」と甘い声が響いた。

「楓……。君の体調が戻ってからでいいんだ。その……また君を抱きたい」

「そんなの……、僕だって今すぐにでも抱かれたいです……」

桔梗の熱っぽい視線に、楓は頬を赤くすると小さく頷いた。

「んんっ、あっ！　ま、待って……」

「悪いけど、待てないよ」

貪るようなキスをしながら楓を横抱きにし、リビング中央にあるソファに向かった。

二人で選んだ四人掛けのソファ。リアルレザーでできたダークグレーのソファは座面が広く、大人が寝転がっても窮屈しない大きさだ。

ぎしっ、とソファを沈ませながら桔梗は楓をゆっくりと下ろし、両手を楓の体の横について囲いこむ。

漆黒の瞳には熱がこもっていて、そんな瞳で見つめられるだけで、楓の心臓は痛くなるほど高鳴った。

「あの、恥ずかしいんです……。その、久しぶりだし……」

リビングの照明が二人を煌々と照らす中、恥ずかしさのあまり頬が燃えるように熱くなっている楓は、左手で顔を隠した。

「私は楓の可愛い姿がよく見えるから嬉しいんだけどな……」

いたずらっ子のような声で耳元で囁き、薬指に光る指輪に、チュッと音をたてながらキスをする。

「んっ……んっ……」

快感に耐えるような声が漏れてしまう。

桔梗が楓のシャツのボタンを丁寧に外し、髪や耳たぶ、首筋にキスをする。楓の腰がぴくぴくと小刻みに震えた。

「あっ、あっ、待って……き、きょう、さんっ」

荒い息のまま桔梗の肩をぐっと押し返し、潤んだ瞳で桔梗を見つめた。

桔梗は慌てて楓の背中を片手で支えて抱き起こすと、包み込むように抱きしめた。

「ごめん、びっくりさせたね……」

「ち、違うの！　……僕も、したいから……。ゆっくり、ね……？」

腕の中で小さく呟いた後、楓は勢いよく桔梗の胸板を押し、ソファに倒した。

え？　と驚きながらも、今度は桔梗がソファに沈んだ。

「今日は僕からするから……」

ちょっと我慢してね、そう言ってシャツのボタンの残りを全て外し、穿いていたズボンとパンツも片手で器用に脱ぎ捨てた。

楓は今までヒート時以外には、いつも桔梗に脱がせてもらうのを待っていた。

だって、なんだか恥ずかしいし、という理由だ。

「いつもは自分で脱ぐのも恥ずかしがってるのに……」

楓は頬を染め、言わないで、というように桔梗の唇に指を当てた。

楓は生まれたままの姿になり、遠慮がちに桔梗の腰に乗っかった。

桔梗の喉がごくりと鳴る。

「今日の楓は積極的だね……。もしかして何かあったの？」

「……由美さんから聞いたんです。桔梗さんが僕を一日休ませるために由美さんにお願いしたって……。それ聞いたら僕、なんだか桔梗さんに会いたくて会いたくて……」

ピタリと桔梗の体に密着し、桔梗がいつもしてくれていることを思い出しながら、額や瞼(まぶた)、顎などにキスをする。

一度起き上がると慣れない手つきで桔梗のパジャマのボタンを一つずつ外し、逞しく美しい体に手を這わせた。

そして、ぎこちなく唇を下げていき、桔梗の胸の飾りに唇を当てる。

「んっ……」

桔梗が反応してくれる。凄く嬉しい。

もう片方の飾りを優しく指先でひっかくと、桔梗の体がぴくりと揺れた。

——もっと感じてほしい。

楓は桔梗の鎖骨に唇を這わせるとじゅうっと吸い付き、独占欲の印を残した。

「嬉しい……楓、好きだよ。君が元気で幸せにいられるならなんだってしてやりたい……」

桔梗が楓の背中を撫で、もう片方の手で柔らかい臀部をじっとりと揉む。

「あぁっ……」と嬌声が部屋に響いた。

「き、きょう、さんっ……、あっ、あ、あぁっ……」

楓の小ぶりな陰茎はすでに立ち上がり、桔梗の腹に押し付けるように無意識に腰を揺らした。

「楓、気持ちいい……？」

「あ、あ……っ、ご、め……なさ、い……僕だけ、こんな……あぁ……っ」

まだ後蕾にも触れていないというのに、桔梗の手に触れられただけで達してしまった。

恥ずかしさと幸福感で、楓の瞳から無意識にぽろぽろと涙が零れた。

「泣かないで、楓が気持ちよくなってくれたなら俺は幸せなんだ……」

「……でも、桔梗さんのこれは苦しそうです……」

ズボン越しでもわかる膨らんだ桔梗の陰茎。ためらいながらそれをズボン越しに撫であげた。

「ん……っ、楓、そこは……」

「……僕だって桔梗さんを気持ちよくしたいです。……慣れてないから上手にはできないけど」

桔梗の腰から降り、足の間に体を入り込ませると、ズボンを下着ごと脱がした。

勢いよく飛び出てきたそれは、すでにはち切れそうなほど膨らみ、血管が浮き出ている。

楓は手を伸ばし、桔梗の陰茎をそっと握る。

「っ、は……っ！」

その刺激で桔梗の腰が揺れる。

――桔梗さん、感じてくれてる……！

自分の手で桔梗を感じさせていると思うと、嬉しさがこみ上げてくる。

熱く、硬いそれを、細い指先で何度も下から擦り上げる。

桔梗の剛直はぴくぴくと動き、先端から蜜がこぼれだした。

桔梗の全てをこぼさないように、と、楓は勢いよくそれを唇で吸い上げる。

「は……っ、楓、楓……っ！」

ぐちゅぐちゅと湿った音をさせながら、楓は夢中で桔梗の愛しいものを舐めた。

口内に桔梗のものを目いっぱい含み顔を上下に動かす。「はぁ……はぁ……」と快感に堪える桔梗の吐息をもっと聞きたくて、咥えきれない部分に両手を必死に這わせた。

「楓……っ、もういい、離して……っ」

「……え、あの、だめだったんでしょうか……？」

焦るような桔梗の声に、楓は慌てて顔を上げた。

口の中の肉棒は、こんなにも熱く硬いままだというのに……。もしかして痛かった？　止められた理由がわからず、下唇を噛みしめたまま桔梗の顔を見つめた。

「違うよ……。もう我慢ができないだけだ」

桔梗は着ていたパジャマを乱暴に脱ぎ捨てると、楓の両手を掴んだ。

あ、っと思った瞬間だった。見上げると、そこには切羽詰まったような桔梗の顔。

「早く、楓の中に入りたい……っ」

桔梗の長い指が楓の後蕾に触れる。

「あ……っ、あ、あぁ……」

まだ一度も触れていないにもかかわらず甘い蜜液でとろとろになったそこは、難なく桔梗の指を受け入れる。

「締め付けが凄い……痛いくらいだ」

「だ、だって……。あぁっ……、気持ち、いい……」

甘い蜜のおかげで二本目の指もすんなりと受け入れると、とろりとソファにまで蜜を零した。

「き、きょう、さん……っ、もう、欲しい、です……」

「……、力を抜いてて」

桔梗がぐいっと楓を持ち上げる。そのままソファに座り、器用に楓を膝に乗せる。

桔梗が熱のこもった漆黒の瞳で楓を覗き込む。

「これなら、楓の顔がよく見えるな」

反り返った熱い塊を楓の後孔にぴたりとつける。

楓が「はぁ……」と力を抜いた瞬間、桔梗が持ち上げた楓の腰を落とし、その濡れそぼった蕾(つぼみ)に自身をねじ込んだ。

「あぁ……っ、き、きょう、さん……っ」

「はぁ……っ、楓、楓……っ」

きつく抱きしめながら何度も楓の名を繰り返し呼び、無我夢中で腰を振る桔梗。

額にじんわりと汗をかき、愛おしそうに自分の名前を呼ぶ。

そんな桔梗の姿に胸がいっぱいになり、思わず目尻に涙が溢れた。

「好き……、好き、好きです……桔梗、さんっ」

力強い律動に、甘い痛みと快感が同時に襲う。

桔梗から与えられる快感に身を任せていると、さらに桔梗の肉棒が熱くなるのがわかった。

「愛してる、楓……っ」

その言葉と同時に、桔梗は指が食い込むほどの力で楓の腰を掴み、ひときわ強い力で自身の熱杭を楓の奥にねじ込んだ。

「……っ！　あぁぁ……っ！」

その衝撃に頭の中が真っ白になる。

どくどくと自分の中で桔梗が達したのを感じ、楓は幸福感に包まれながら目を閉じたのだった。


次に目を覚ましたのは、温かい水の中だった。

後ろからしっかりと誰かに抱き締められている。

——あったかくて気持ちいい……

頭はぼんやりしていたが、ぴちゃん、とお湯が跳ねる音で一気に目を覚ました。

「あれ……？　お風呂？」

「おはよう、楓大丈夫？」

耳元で聞こえた声に、慌てて振り向く。

そこには目を細め、優しく微笑む桔梗がいた。

桔梗は逞しい腕で、楓の腰をしっかり支えてくれている。

「大丈夫です。あの、久しぶりで……気持ちよかった……です」

頬が熱くなる。桔梗は嬉しそうに笑って、「私もだよ」と腕に力を込めた。


しばらく幸せの余韻に浸っていると、桔梗が「そういえば……」と話を切り出した。

「ランチのあとはどこか行けた？」

「あっ！　桔梗さん……！　お洋服ありがとうございました！」

「あぁ、ショッピング行けたんだね」

よかった、と嬉しそうに微笑みながら、楓の後頭部に自身の頬を擦り寄せた。

桔梗にとって大切なことは「楓の幸せ」――。今回そのことを身に染みて感じた楓は、一つだけわがままを言うことにした。

「あのね、とっても可愛い服なんです！　上下買ったんですけど……由美さんも褒めてくれて」

「それは見るのが楽しみだ！」

「それでね、えっと……由美さんから教えてもらったんですけど、山之内総合病院の関連施設に産後シッターさんを利用できるところがあって……。そこ、産後六か月まで使えるんですって」

そこまで言うと、預けていた体を離し、桔梗のほうに向き直った。

どうした？　と首を傾げる桔梗の両手をぎゅっと握る。

「僕、今日プレゼントしてもらった服を着て、桔梗さんと二人でデートしたいです！」

満面の笑みで桔梗を見つめる。

楓にとっても、桔梗が幸せでいることが何よりも大切なのだ。

その気持ちが伝わるように、手のひらに精一杯力を込める。

「あぁ、もちろん……！　楓、愛しているよ……」

楓の手を優しく握り返し、細い腰を引き寄せる。

そして優しく見つめ合い、触れるだけのキスをした。

この作品に対する皆様のご意見・ご感想をお待ちしております。

おハガキ・お手紙は以下の宛先にお送りください。

【宛先】

〒150-6008 東京都渋谷区恵比寿4-20-3 恵比寿ｶﾞｰﾃﾞﾝﾌﾟﾚｲｽﾀﾜｰ8F
（株）アルファポリス　書籍感想係

メールフォームでのご意見・ご感想は右のＱＲコードから、
あるいは以下のワードで検索をかけてください。

ご感想はこちらから

本書は、「アルファポリス」（https://www.alphapolis.co.jp/）に掲載されていたものを、
改稿、加筆のうえ、書籍化したものです。

エリートアルファの旦那様(だんなさま)は孤独(こどく)なオメガを手放(てばな)さない

小鳥遊ゆう（たかなし ゆう）

2023年 4月 20日初版発行

編集－大木 瞳・森 順子
編集長－倉持真理
発行者－梶本雄介
発行所－株式会社アルファポリス
〒150-6008 東京都渋谷区恵比寿4-20-3 恵比寿ｶﾞｰﾃﾞﾝﾌﾟﾚｲｽﾀﾜｰ8F
TEL 03-6277-1601（営業） 03-6277-1602（編集）
URL https://www.alphapolis.co.jp/
発売元－株式会社星雲社（共同出版社・流通責任出版社）
〒112-0005 東京都文京区水道1-3-30
TEL 03-3868-3275
装丁・本文イラスト－ゆさうさ
装丁デザイン－円と球
印刷－図書印刷株式会社

価格はカバーに表示されてあります。

落丁乱丁の場合はアルファポリスまでご連絡ください。

送料は小社負担でお取り替えします。


ISBN978-4-434-31905-1　C0093